俺の幼馴染は
メインヒロインらしい。
author. 3pu illust. Bcoca

Minaduki Saito
水無月彩人
莉里の幼馴染。さっぱりした
性格で、誰とでも仲良くなれる。
莉里とは高校で初めて同じ学
校に通うことに。

「お子ちゃまな彩人にはまだ恋愛は早いみたいだね」
「うっせぇ。今に見てろよ、絶対高校卒業する前に可愛い彼女作って自慢してやるからな」
「はいはい。期待してないで待ってるよ」
Machigane Lily
街鐘莉里
すれ違う人皆振り返るような美少女。1度目の人生で裏切られ、タイムリープしてきた。2周目の人生で子供の頃に彩人と出会い、1周目とは違う人生をやり直し中。

Yakumo Shuri
八雲朱李
莉里の友達のギャル。面倒見が良い明るい性格で、スキンシップがちょっと多め。

西園春樹
彩人の友達で、困っている人を見るとつい助けてしまうお人好し。莉里のことを妙に気にしている。
神崎ミナカ
莉里の友達で、どちらかというと大人しい女の子。なぜか彩人と莉里が一緒にいると渋い顔を見せる。

「君は本当に僕の知っている街鐘莉里なのか？」
「私は街鐘莉里だよ。だけど、
誰かさんに染められたせいで、
ちょっとだけ違うかもね」

Ore no osananajimi ha Main heroine rashii

CONTENTS

illustration by Bcoca / design by AFTERGLOW

俺の幼馴染はメインヒロインらしい。

3pu

角川スニーカー文庫

23968

プロローグ

Prologue

Ore no osananajimi ha Main heroine rashii

この世界には運命《ストーリー》というものがある。
いつ、何処《どこ》で。誰と出会って、誰を好きになって、誰と結婚をするのか。
それは、初めから決められている。誰にも変えることは出来ない——はずだった。
だが、蟬《せみ》の声がうるさいある夏の日。
確かに運命は変わった。

◇

物語の上ではよくあることだが、彼女がこうしてあるのは二度目だった。
何がきっかけかは分からない。
ただ、気が付いた時には大人から幼子の頃まで時間が遡っていたのである。
所謂《いわゆる》タイムリープと言われるものを体験したのだ。

当初は驚いた。

それもそのはず、自分が物語に登場するキャラクターのような出来事に遭遇するなんて誰も思わないだろう。

真っ先にこれは夢なんじゃないかと、頬《ほお》を抓《つね》った。

けど、頬からはジンジンとした痛みが伝わってきて。

ここが夢の世界ではないことを文字通り痛いくらいに教えてくれた。

『……やり直せるんだ』

過去に戻ってきたと自覚したら、次に湧き上がったのはどうしようもないくらいの歓喜。

――あの時、ああしていれば。

――あの時、こうしていれば。

人間誰しも、自分の行いを後悔し過去に戻ってやり直したいと思ったことがあるはずだ。

そんな「たられば」が現実のものとなったのだ。

歓喜するのは当たり前だろう。

人並み以下の人生を送ってきたが故にその喜びは一入《ひとしお》だった。

――幼少期は母親譲りの亜麻色の髪と藍色の瞳を理由に虐《いじ》められた。

――小学生時代は、友人の好きな男の子に惚《ほ》れられてしまい、そのことをきっかけに仲《なか》違《たが》いし、仲が良かったはずの友人から陰湿な虐めを受け続けた。

──中学生時代は、別室で授業を受けていたおかげか穏やかな生活は送れたが友人はおらず、自分以外誰もいない教室で過ごすのは寂しくて仕方がなかった。

──高校生時代は、大きな転換点だった。

ストーカーに怯《おび》えていた彼女を白馬の王子様が助けてくれたのだ。

人生で初めて誰かに救ってもらえた。

それをきっかけに、彼女は恋を知り約二年の月日を経て何とか激しい競争に勝ち、晴れて王子様の恋人になることが出来た。思い返せば、彼女にとっては一番幸せな時間だったと思う。

──大学生時代。王子様もただの人間だということを知った。

絶対に自分を裏切らない。

自分だけを愛してくれる。

そう思っていた彼女は結婚まで清い交際をしようと王子様に言っていた。

けれど、そんなのが続くのは子供まで。

現実に必要だったのは──

『ごめんなさ～い。先輩。先輩から○○さん奪っちゃいました。もう、○○さんは私の恋人なんです』

『いや、これは、その莉里《りり》違うんだ！』

『ええ〜、こんなに愛を囁《ささや》いてくれたのにですか？　「愛してる」、「君だけだよ、僕を満たしてくれるのは」ってあんなに言ってくれたのに〜』

『あぁぁぁあぁ〜〜〜!!』

――身体の関係。それが無ければ恋人の関係なんて呆気《あっけ》なく崩れ去ることを、とびきりの絶望と共に街鐘《まちがね》莉里は知った。

思い返すだけで反吐《へど》が出るような過去ばかり。

本当に救いようのない人生。

そんなのはもう一度目で充分だ。

『今度こそ私は幸せになるんだ』

特別なものは何も要らない。

人並みな幸せ。

それさえあれば何もいらない。

ささやかな願いを胸に行動を開始したのだが――

「はぁ……もういやだぁ……」

――世界は莉里が思っていたよりも頑固で非情だった。

人里離れた山奥にあるキャンプ場。

両親に少し見て回ると嘘《うそ》をつき、人気《ひとけ》のないところに辿《たど》りついたところで、その場に座り込み思わず弱音を溢《こぼ》した。

季節外れの長袖の下には痣《あざ》や擦り傷が付いていており、自分で身体を抱きしめるとズキリと鈍い痛みが全身に走った。

痛みに顔を顰《しか》めながら、何故《なぜ》このようになったのか莉里は振り返る。

タイムリープで莉里が戻ってきたのは三歳の頃。幼稚園には既に入っており、虐められている状況。

先《ま》ずはこれをどうにかするべく動いた。

母親に皆《みんな》と違うと悪口を言われていると説明し、髪を黒く染めてもらった。虐められたら直《す》ぐに先生へ泣きつき、極力先生の側にいるよう心掛けた。

時には、虐められた時に論理的に言い負かして見たり反撃などをしてみたのだが、これがいけなかったらしい。

子供らしくない自分の対応、立ち振る舞いが子供達から反感を買ったのだ。

――アイツは髪の色が急に変わって気味が悪い。

――私達の先生を独り占めしてズルい。

――先生に守ってもらえるからって急に好き勝手言うようになりやがって。

様々な理由から莉里は周囲から嫌われ、完全に孤立してしまった。頼れるのは先生だけ。

けれど、先生が居なくなる瞬間はどうしてもある。

その時を見計らって、子供達は仕掛けてきた。

傷がパッと見で分からないよう服の下を殴ったり、泥を投げつけたり、足を引っ掛けて転がしてきたり、過去にあった記憶とは違ってより陰湿な虐めを行ってくるのだ。

タイムリープして早々の大失敗。

一度目よりも良い世界に変えようとしていたら、それよりも酷《ひど》くなってしまった。

この事実が、莉里の心を折った。

元々精神的に強い方ではなく、恋人の浮気でボロボロだった心は今回の一件でポッキリと完全に折られてしまった。

「……死にたい」

最近は一人になる度に莉里はこの言葉を口にしている。

冗談などではなく本気で。

この苦痛まみれの世界から解放されるための手段として、一番有用だとすら思っている。

どうせ何も変えられないのなら。

前と同じことを繰り返すだけなのだとしたら。

下手に足掻《あが》くだけ無駄。

もう何も考えたくない。

「………………死の」

思考を放棄し、空っぽな状態で口から出てきたのは『死の』の二文字。

それを忠実に行うべく、フラフラと身体が動き出した次の瞬間、上の方から悲鳴が聞こえてきた。

「あぁぁぁぁ――――！　死ぬ死ぬ死ぬ死ぬ〜〜〜〜!!」

「きゃっ！」

「ふぎゃあ！」

視線を声が聞こえた方に向ければ山上から少年が転がり落ちてくるところだった。

莉里が反射的に一歩身を引くと、目の前を物凄《ものすご》い勢いで通過。

茂みの中に勢いよく突っ込んだ。

「ぷはぁ！　生きてる。ハハッ、すげぇ。オモシロ！　あははは！」

茂みにハマった身体を引き抜き、自分の身体を見て問題なく動くことを確認すると、少年は心底楽しそうに笑い出した。

突然のことに理解が追いつかない莉里が、呆然《ぼうぜん》とその姿を見つめていると不意に目が合う。

「よっ！　なぁなぁ、さっきの凄くね!?　俺あんな上から落ちたのに無事なんだけど」

「う、うん……そうだね」

「いやぁ、足滑らせた時は死ぬかと思ったけど。意外とどうにかなるもんだな」

「多分あそこらへんから」と少年が指を指したのは、山のかなり上の方。普通ならば無事で済まないような高さだった。

大きな怪我《けが》をしていないのは奇跡と言って良いレベルだろう。

言葉通り死にそうな体験をしたというのに少年はあっけらかんとしている。

恐怖心が存在しないのか、はたまた子供故にあまり事態が理解出来ていないのか、莉里が思うにおそらく後者だろう。

失礼な話だが、この少年の顔を見た莉里の第一印象は馬鹿っぽいというものだった。

弁明しておくと、別に顔が間抜けというわけではなく、後先考えないお調子者という雰囲気があったというだけだ。他意はない。

「お前もやってみれば？　意外と楽しかったぞ」

「……遠慮しとく」

「えぇ～、楽しいのに」

しかし、莉里の観察眼は合っていたようで少年は馬鹿な提案をしてきた。

断ると少年は不満そうな声を漏らす。

「服を汚すとお母さんに怒られちゃうから」

「そうか。うちの母ちゃんも同じ——あっ。やべっ！　服ボロボロだ。母ちゃんに叱られる！　やべぇーやべぇー！　なぁ、なんか服持ってないか？　綺麗《きれい》な服。このまま戻ったら母ちゃんに叱られちまうよ」

　少年からまだ諦めなさそうな雰囲気を感じ取ったため、彼女が断わる理由を付け加える
と少年もウンウンと同意し、やがて顔を青く染め服を貸してくれと頼んできた。

　見てみれば、たしかに怪我こそしていないが服はところどころ切れており、ボロボロの
状態。

　確かに、このままの状態で戻ったら怒られるのは容易に想像出来る。

「えっと、キャンプ場に戻れば……一応……あるにはあると思うけど」

「本当か！　貸してくれ、頼む。テント戻るまででいいから」

「あの……そのぉ……一応私が持ってきてるのってワンピースだよ？」

「ワンピースってなんだ？　テレビでやってる奴《やつ》か？」

「えっと、テレビのはよく分かんないけど。こんな感じの一枚で身体を覆えて、下の方が
スカートになってるの」

「女の子が着る奴か。うぅーん。うちの母ちゃん馬鹿だからワンチャンいけるか？」

「……流石《さすが》に無理だと思うよ」

　何を以ていけると思うのだろうか？

　いくら何でもそれは無理があるだろう。

　森の中から戻ってきた息子が女物の服を着ていたら、誰だって何があったと問い詰める

に違いない。

少なくとも自分は絶対にする。子供なんていたことはないけど。

「そっか〜。いい案だと思ったんだけどなぁ〜」

「……女の子の服を着るの嫌じゃないの？」

「別に。全部同じ布だろ。大事なとこだけ隠せればいいんだよ」

「あぁ……そういうタイプね」

服を着るのは嫌じゃないのかと聞いてみれば、予想以上の返答が来て少々面食らう。

この少年には羞恥心というものが無いのだろうか？

いや、無いのだろう。

でなければ、着られれば何でもいいなんて言うはずがない。

他人事ながら、将来この少年がちゃんとした大人になれるのか不安になってしまった。

「うーん。……あーもうなんかめんどくさ。よし、遊ぼうぜ」

他の案は無いかと悩んでいたが、いい案が思い浮かばなかったからだろう。

考えるのを放棄し、遊ぼうと彼女のことを誘った。

「諦めた……えっと、私はいいや。もうすぐお母さんのところに戻らないとだし」

しかし、彼女はそれを遠回しに断った。

出会い方や少年の発言が色々衝撃的過ぎて普通に会話が成立していたが、そもそも彼女は人が、特に男相手はかなり苦手だ。

通常時ならば話しかけられても一切口をきかない。徹底的に男との関わりを避けてきた。

理由は言わずもがな。

一度目の人生で経験した男絡みの出来事が起因している。

一つだけでもトラウマ級の出来事が何回もあったのだ。

そうなるのも仕方がないだろう。

「まだ、昼食べてすぐだぞ。ちょっとくらい大丈夫だって。山の中を冒険しようぜ！」

「うわぁっ……ちょっ、ちょっと！」

だが、そんな彼女の事情など知らぬ少年は強引に手を引き走り出す。

子供らしからぬ力で摑《つか》まれ、腕を振り払うことも出来ず少女は為《な》されるがままに森の奥へ連れ去られた。

それから、半強制的に彼女は少年の遊びに付き合わされた。

「この葉っぱ、音鳴るの知ってるか？」

「……知らない」

「ほーん。じゃあ、試しに吹いてみろよ。結構良い音するぞ」

「……。ッ……ぷぅ～」

「ぷっ！　クハハ、屁《へ》みてぇな音だな」

「……仕方ないでしょ。初めてなんだから」

「怒んな怒んな。俺が悪かったから、今度はやり方教えてやるから見とけよ」

「あの木の実、美味《うま》そうだな。食えんのかな？」

「……確か食べられるはず、本で読んだことあるから」

「本当か⁉　よし、取ってくるわ」

「あっ、ちょっと！　危ないよ」

「こんくらい平気平気。よっ、ほっ、っと。……よし着いた。落とすから取ってくれよ。ほい」

「はやっ。……って、うわあっ。もうちょっと取りやすく落としてよ」

「すま〜ん。じゃあこんな感じでどうだ？」

「良い感じ」

「おし、じゃあドンドン取るぞ」

「…………」

「すっぱ！」

「酸味が強いね。……本には食用って書いてたけど美味《おい》しいとは書いてなかったかも」

「水切り勝負だ。一番跳ねた回数が多い方が勝ちな」

「はぁ、別に良いけど。私やったことないよ」

「俺もないから大丈夫だ」

「何が大丈夫なのそれ？」

「…………」

「十五、十六、十七。すごい跳ねた」

「……あぁ〜！　何で俺は跳ねないんだぁ〜!!」

「……ぷっ」

「あっ、笑った」

「笑ってない」

「笑ったって⁉」

「笑ってない！」

草笛を吹いたり、野生の木の実を食べてみたり、水切りをして勝負したりと、山の中らしい自然を活用した遊びをした。

最初は嫌々だったが、遊ぶうちに気が付けばのめり込んでいて。

有り体に言えば、そう、楽しかった。

多分だが、ここまで楽しめたのはすることが全て新しかったことに加え、相手が記憶には一切ない赤の他人だったのが大きいのだろう。

トラウマを変に刺激されず、子供らしく遊ぶことに熱中出来た。

けれど、楽しい時間というのはあっという間で、陽《ひ》が傾きそろそろお別れの時間となってしまう。

薄暗くなった山道を少年の一歩後ろに付いて歩いていると、キャンプ場が見えた。

「彩人《さいと》どこに行ってたの⁉」

「うげっ、母ちゃんだ。ぜってぇ怒られる奴だ、あれ。というわけで、今日は楽しかったぜ。じゃあな」

「あっ……あの！」

「ん。どうした？」

キャンプ場に入るやいなや、少年の母親らしき人物が大声を上げてこちらへ走ってくるのが見えた。

彼の母親の顔は憤怒と、安堵感《あんどかん》が混ざったような顔をしており、少年は憤怒の方を強く感じ取ったのか説教されると思ったのだろう、足早に別れを告げ逃げ出そうとする。

しかし、それを彼女は引き留めた。

この機会を逃せば一生聞く機会が訪れないと思ったから。

ずっと、疑問に思っていたことを少年に尋ねた。

「ねぇ、何で私を無理矢理《むりやり》遊びに誘ったの？」

少しの間だけど触れ合ってみて分かったことがある。

この少年は優しい。

人のことをよく観察していて相手が本気で嫌がるようなことはしない子だ。

だから、彼が遊びに誘った時本気で嫌がっていたのにも拘わらず、強引に連れ去った理由が気になったのである。

少年は足を止め、「うーん……」と少し考える素振りを見せた後、次いでこう言った。

「えっと、単純に遊び相手が欲しかったから」

「でも……私嫌がってたよ」

「えっ？　マジ？　そんな嫌がってる風には見えなかったんだけどな。だとしたら、ごめん」

「……いや、その。……最終的には楽しかったから良いんだけど。あの、そんな落ち込まないでいいから、本当」

「そうか、なら良かった」

莉里が嫌がっていたという話を聞いて、少年は少しだけ悪いことをしたと落ち込んだ。

が、すぐに楽しかったと伝えれば表情が和らぎ明るいものへと変わる。

が、少年の反応など今の莉里にはどうでも良かった。

先程彼から言われたことが頭の中で反芻《はんすう》して、離れないのだ。
『そんな嫌がってる風に見えなかったんだけどな』
自分はあの時、本気で嫌がっていた。
掴まれた手を振り解《ほど》き、今すぐにでも逃げ出したかった。
だけど、少年の力が強過ぎて逃げられず渋々遊びに付き合ったのだ。
——自分が嫌がっていなかった？
そんなことはあるはずがない。
自分は男の子が苦手だ。
強引なのも嫌いだ。
虐《いじ》められているせいで子供も好きじゃない。
人と交流を持つのが怖い。
出来ることなら、誰ともかかわらず終わりたい。
そう……思っている。思っているはずなのだ。
——本当に？
「こら！　彩人。何逃げようとしてるの⁉」
「し、しまった⁉　いつの間に」
「あぁ……そっか。そうなんだ」

少年が母親に捕まった横で、莉里は小さく納得したように声を漏らす。

「私、まだ諦めて無かったんだ」

考えてみれば、簡単なことだった。

死にたいと本気で思っているのなら。

他者との関わりを拒んでいるのなら。

あの時もっと強く反抗していなければおかしいのだ。

けれど、そうしなかったのは自分がまだ心の奥底では死にたくない、幸せになりたい、誰かとまた関わりたいと思っていたからだ。

どうやら、思っていた以上に自分は諦めが悪いらしい。

「ありがと！」

「？」

一人では絶対に気付けなかったこと。

自分の本当の気持ちに気付くきっかけをくれた少年に、莉里は心の底から感謝の言葉を送る。

当の本人は、何のことに礼を言われているのか分かっておらず首を傾《かし》げており、間抜け面が面白い。

莉里はクスリと笑みを溢《こぼ》し、見上げた空は茜色《あかねいろ》に染まっていてとても美しかった。

これが後に幼馴染《おさななじみ》となる水無月《みなづき》彩人との出会い。

本来あるはずのなかったこの出会いによって、街鐘莉里の運命《シナリオ》は大きく変わることとなるのだが、この時の彼女は思いもしていなかった。

第1章　入学式

冬の寒さが少し和らぎ、陽の昇りが早くなって来た春先。

ジャージを身に纏《まと》った背の高い少年・水無月彩人《みなづきさいと》が、河川敷を走っていた。

「ハッ、ハッ、ハッ、ハッ」

大きくストライドを伸ばし、一定のリズムで軽快に。

けれど、いつもより少しだけ早く、慣れた道を駆け抜けていく。

「おぉ、おはよう彩人君」

「おはよう、じいさん！　今日も元気だな」

折り返し地点に来たところで、顔馴染《かおなじ》みのお爺《じい》さんに声を掛けられた。

彩人は元気よくそれに応えると、速度を緩めその場で足踏みに切り替える。

「ハッハッハー。彩人君には負けるわい。いつにも増して元気そうじゃの」

「おっ、分かる？　今日俺高校の入学式なんだよな」

いつにも増して元気そうな彩人にお爺さんがどうしたのかと尋ねれば、嬉《うれ》しそうに今日が高校入学の日だと語った。

「おぉ、それはめでたいな。入学おめでとう」

「ありがと。電車通学とか初めてだから、めっちゃ楽しみなんだよな」

「そうかそうか。頑張ってきんさい」

「おう。流石《さすが》に入学式遅れるわけにはいかないからさ。もう行くな。じゃあなじいさん」

お爺さんからの応援の言葉を最後に、彩人は別れを告げるとランニングを再開した。

（まぁ、でも何だかんだ一番楽しみなのはアイツと一緒に学校行けることだな）

少し距離が開いたところで、彩人は口元を微《かす》かに緩ませる。

思い浮かべるのは幼馴染の少女。

彼女とはとても仲が良くかれこれ十年近くの付き合いになるのだが、家がかなり遠く小中は別々の学校に通っていた。

が、今高校入学を機にようやく同じ学校へ通えることになったのだ。楽しみじゃないわけがない。

二人とも合格したと分かった時は、あまりの嬉しさに彼女を抱き上げくるくる回って喜んだのを今でも覚えている。

「よしっ！　さっさと帰って準備しないとだな」

早く幼馴染と学校に行きたい。

そう思ったら、足は自然とより前へ前へ。

気が付けば、ほぼ全力疾走状態。

この後の反動が物凄《ものすご》いことになるだろうことは目に見えていたが、ハイになっている彩人は自分の意思で足を止めることが出来なかった。

「ぜぇはぁ……ぜぇはぁ……調子に乗り過ぎた」

「あら、今日は早かったわね彩人」

家に帰宅すると、案の定彩人はヘロヘロになっており靴を脱ぐとすぐに廊下に倒れ伏す。

その音に反応して、母親の矢花《やばな》がリビングから顔を出した。

「ぜぇはぁ、あぁ〜疲れた」

「珍しいわね、体力バカのアンタがそんなになるなんて」

「いやぁ……テンションが上がっちゃってついさ」

「なるほど。気分が高揚すると後先考えない癖は高校生になっても相変わらずね。はい、さっさとシャワー浴びてらっしゃい。汗臭い状態で莉里《りり》ちゃんに会うわけにはいかないでしょ」

久しく見ていなかった息子のお疲れモード。

心配になって矢花が理由を尋ねれば、返ってきたのは彩人らしいもので。

心配して損したと呆《あき》れ顔《がお》を浮かべ、風呂に入るよう促した。

「……本当に大丈夫かしら？」

返事をするだけで全く動き出そうとしない彩人を見て、一抹の不安を感じながらも矢花は朝食作りに戻った。

「あむ……うま！　母さん今日のだし巻き卵も相変わらず火加減が最高だぜ」

「ありがとう……はぁ、そういえばこういう子だったわね」

数分後。

それが完全に杞憂《きゆう》だったことを矢花は思い知る。

シャワーから戻ってきた彩人はいつもの調子に戻っており、ガツガツと勢いよく朝食をかき込んでいた。

風邪を引いても、少し寝ればすぐ元気になるような子だ。あの程度で心配するだけ無駄だったと矢花は溜息《ためいき》を吐《つ》いた。

「大丈夫だとは思うけど、一応確認。待ち合わせ何時になってるの？」

「確か、七時半にあっちの駅集合だったはず。ちょっと待って確認してみるわ」

山盛りのご飯がみるみるうちに減っていくのを横目に、矢花は時間は大丈夫なのかと聞いた。

昨日の夜散々確認したため大丈夫だと彩人は思ったが、話してる途中に何だか不安になってスマホを開く。

メッセージアプリを開き幼馴染とのやり取りを遡った。

「大丈夫。合ってた。そういうわけだから、俺七時前には出るから」

「そう。気をつけて行きなさい。昨日話した通り母さんと父さんはもう少し後から行くわ」

「分かった。ご馳走様《ちそうさま》！」

「はい、お粗末様」

幸い、彩人の記憶違いということはなく集合時間はそのままだった。

心の中で胸を撫《な》で下ろしつつ、彩人は残りのご飯をあっという間に平らげ席を立つ。

使った食器を軽く水洗いし、自分の部屋に戻った。

「やっぱ新品の制服は苦手だな」

部屋に戻って早々、制服に着替えた彩人。

姿見の前に立ち、色々動かしてみたがどうにも息苦しい。

キッチリした服とは相性が悪い。

そう思いながら、締めていた第一第二ボタンを外し、ネクタイを少し緩めた。

「これくらいなら大丈夫だろ、多分」

そうすると、姿見に映る自分はツンツンとした髪型や快活な顔と相まって、どこぞのヤンキーに見えなくもない状態になっていた。

しかし、これくらいは誰でもやっているから大丈夫と無理矢理《むりやり》言い聞かせ、通学鞄《かばん》を片手に部屋を出た。

「彩人。おはよう」

「おはよう。父さん」

「制服似合ってるな」

「……そうか？」

部屋を出ると、同じタイミングで斜め横にある寝室から父親の陽《よう》が現れる。

朝の挨拶を交わすと息子の制服姿を初めてみた陽から似合っていると褒められた。

だが、先程ヤンキーっぽいと思ってしまった手前、彩人はなんとも言えない顔になる。

「どうした？　あんまり嬉しく無さそうだな」

「いや、別に」

「大丈夫だ。お前はイケメンな俺と美人な母さんの自慢の息子だからな。自信を持て、お前はそこそこ顔がいい」

「自己評価高ぇなおい」

彩人が自分に自信を持ててないと勘違いし、陽はフォローしてくれたのだろうが、あまりの自己評価の高さにびっくりしてしまった。

母親である矢花はともかく、陽はお世辞にもイケメンと言えない顔をしている。

元気付けるために盛ったのだろうが、流石に無理があるんじゃないかと彩人は思いつつ、余計なことを言うと怒られるのでそれ以上は何も言わなかった。

「まぁ、ありがと。俺、そろそろ行くわ」

「あぁ、いってらっしゃい」

長く話しているとボロが出そうなのでその場から離脱を選択。

一旦洗面所で寝癖直しと歯磨きをしてから、家を出た。

家から駅までは三キロと程々に遠く、歩いていくと時間が掛かるので自転車で移動。

道中、まだ小中学生の登校時間ではないからか人が少なく、歩道を使えたので想定した時間よりも早く着くことが出来た。

「うげっ、この時間なのにめっちゃ人いる」

駐輪場に自転車を止め、改札に登ると結構な数の人がいた。百人強は間違いなくいるだろう。

手狭な駅に、しかも朝の七時前にこんなに人がいると思っておらず彩人は顔を顰《しか》める。

(てっきり椅子に座れると思ったのに)

高校のある駅に行くまで結構時間が掛かるので出来れば座りたかったのだが、この様子を見るに無理そうだ。

彩人は肩を落としながら、定期を使って改札をくぐる。

ホームに降りてすぐ近くにあった列に並び、色んなソシャゲのログインボーナスを回収していたら電車がすぐにやって来た。

それは本来彩人の乗る予定よりも一つ早いものだったが、早めに行っておくに越したことはないだろうと思い電車に乗り込む。

そこそこ窮屈な思いをしながら、電車に揺られることしばらく。

待ち合わせをしている駅に着いた。

電車を降りてすぐ、キョロキョロと幼馴染の姿を探す。

どうせまだ来ていないだろうが念のため、そう思いながら周囲を見渡していると端っこの方に人だかりが出来ているのを見つけた。

(まさかな)

そんなことはあるはずが無いと思いながらも、彩人は人だかりの方へ向かう。

「あそこの子めっちゃ可愛《かわい》くね？」

「芸能人かな？　スタイル良過ぎでしょ」

「金髪ってことは外国人か。クソッ、俺英語話せねぇよ」

ある程度、近づいたところで男子学生達の話し声が聞こえてくる。

それを聞いた瞬間彩人の中にあった疑念は確信に変わり、彼らの視線を追った先には案の定ひときわ目を引く美少女が佇《たたず》んでいた。

亜麻色のサラサラとした髪は腰まで届くほど長く、その一部を瞳と同じ青色のリボンと一緒に編み込んでいるのが特徴的。

また、女性にしては背が高く、スタイルも出るとこは出て引っ込むとこは引っ込んでいるグラマラスな体型。

まさに、絵に描いたような理想の美少女。

しかし、周りに人が集まるだけで話しかける者はいない。

それは、少女が纏う雰囲気が故だろう。近づく者を全て拒絶する吹雪のように冷たいオーラが彼女から発せられているからだ。

誰もがそれに尻込みし、遠巻きに眺めているだけの中、一人の少年が彼女に近づいた。

「よっす！」

その少年とは勿論《もちろん》、彩人だ。

周りの空気や彼女から出ているオーラなど知ったことかと、全て無視し馴《な》れ馴れしく美少女に話しかけた。

絶対零度を思わせる冷めた瞳が彩人に向けられる。

誰もがそれを見た瞬間『アイツ終わったわ』と思った。

「……。おはよう、彩人」

しかし、次の瞬間冷たい空気が溶け出し、ふわりと柔らかいものに変わって彩人のことを歓迎する。

あまりの変化に周囲の人間達は目を剝《む》くが、こうなるのは当然のことだった。

そう、目の前にいるこの美少女こそが件《くだん》の幼馴染《おさななじみ》。街鐘《まちがね》莉里。幼少の時に、たまたまキャンプ場にて出会い仲良くなった女の子だ。

「おはよう莉里。集合時間よりもかなり早いけど何でいるんだ？」

「何となくだよ。彩人なら早く来そうだなって。まさか、本当に来るとは思わなかったけど」

「マジかよ。……って、どうせ母さんが連絡したんだろ」

「あっ、バレた？」

テヘッ、と悪戯《いたずら》な顔で舌を出す莉里。

彩人は流石《さすが》にこんくらい分かると呆《あき》れた。

長い付き合いだ。流石に彼女が勘なんて不確かなもので動かないことは知っている。

彼女が自分を見つける時は大抵何かしらの理由があった。

「矢花さんから彩人が出たってメールが来て、驚かせようと思ったんだけどね～」

「人が大勢いる場所でお前に隠密《おんみつ》は無理だろ」

「あはは、そうだね」

お互いに周囲を見渡し苦笑いする。

流石にこれだけ人を集めておいて驚かせようというのは無理があるだろう。

「とりあえず移動すっか」

「うん」

流石にジロジロと周囲から視線を向けられて居心地が悪い。

彩人と莉里は、視線から逃れるように人だかりを飛び出し誰もいない場所を求めて移動する。

「何か変な感じ」

「分かるわ、俺もちょうど思ってた」

その間、莉里がぽつりと呟《つぶや》けば同じことを思っていた彩人も頷《うなず》いた。

莉里と会うとなれば時間は昼か夕方のどちらか。

朝の七時過ぎから一緒にいたことが殆《ほとん》どなく、隣にいることの違和感が凄い。

「ふふっ、でも本当に同じ高校行けるなんてね。彩人の学力だと正直無理だと思ってた」

「まぁ、文字通り死ぬ気で勉強したからな。本当にあの時はヤバかった」

彩人と莉里の学力は相当離れており、本来ならば一緒の高校に通えるものではなかった。

だが、ずっと昔から寂しそうな顔で一緒の学校に行きたいなと口にしていたのを覚えている。

だから、彩人はどうにかしてそれを叶《かな》えてやりたいと思い勉強することを決意したのだ。

「受験会場で会った時、呪文のように教科書の内容を呟いているの面白かったなぁ。その時の動画あるけど見る？」

「やめろ、あの時のことは思い出したくない」

自分でそう決めてやったのだから後悔はないが、中学三年生の間ずっと勉強漬けだったからか頭がおかしくなることが多々あり黒歴史は多い。

彩人の思い出したくない唯一の暗黒期だ。

「お前、人の心とか無いのか？」

『織田信長は楽市楽座をして、円周率が三点一四で、レ点が一個後ろに戻って――』

「あぁぁぁ――！」

「人の心がないとか言うからだよ」

動画が再生され、発狂する彩人。

莉里はそんな彩人を見て自業自得だと息を吐く。

元々、莉里として動画流すつもりは莉里に無かった。

が、人の心が無いと言われてしまえば仕方がない。指が勝手に再生ボタンを押していた。

その後、二人の黒歴史暴露合戦が始まり熱中し出したところで電車が来て結果は痛み分けで終わった。

精神的ダメージが大きく、休みたいと二人は思ったが車内は案の定、人が多く空きはない。

彩人と莉里は二人並べるくらいのスペースを見つけると、そこに身体を滑りこませた。

吊《つ》り革に捕まり、もの凄い速さで流れていく景色をボッ〜と眺める。

（んっ？）

高校のある駅にもうすぐで着こうとした時、不意に近くにいるメガネをかけたサラリーマンの男の怪しげな動きを鏡越しに捉えた。

何をしているか気になり、よくよく観察してみるとゆっくりと手を伸ばしている。

向かう先は、莉里のスカート。

これを見るに十中八九痴漢だろう。

痴漢を止めるため、彩人が腕を摑むと別方向から同じように誰かが男の手を摑んだ。

「痴漢です！」

直後、車内に少年の声が響き渡る。

何処《どこ》にでもいるような、特徴的のない声質なのにも関わらず、その少年の声はやけにすっと周囲にいた人間の頭に入った。

が、今回の場合はそれが良くない方向に働いた。

「嘘《うそ》！　どこ？」

「もしかして、貴方《あなた》？」

「違う。私じゃない」

「いや、この人です」

誰かが痴漢をしている。

最初にこの人と、相手を名指しで痴漢が起きていると言わなかったからか、車内にいる全員が全員を疑い出しパニック状態。

想定外の出来事に、事態を落ち着けようと少年は声を上げたが、周りの喧騒《けんそう》に揉《も》み消されてしまった。

「あっ！」
（クソッ）
周りの人が一斉に動き出したのを利用して、二人とも腕を振り解《ほど》かれる。

もう一度捕まえようと腕を伸ばそうとしたが、丁度よく電車のドアが開き逃げられてしまう。

「ッチ、逃した」

「彩人、大丈夫。どうせ捕まえても証拠がないから白を切られておしまいだろうし。追いかけるだけ無駄だよ」

「……〜〜！　……まぁ、未然に防げたんだからよしとするか」

さらに追いかけようとしたところで、莉里から意味はないと制止を受け踏みとどまる。

気持ちとしてはまだ追いかけたいが、確かに彼女の言う通り捕まえても、触ったわけではないので指紋が検出出来るわけじゃない。

彩人はガリガリと乱雑に頭の後ろを掻《か》くと、追走を完全に諦めた。

「触られる前に止めてくれて、ありがと」

「別に。気づいてたんなら、お前でもどうにか出来ただろ」

あの時は自分しか気が付いていないと思っていたから、咄嗟《とっさ》に腕を摑んで止めてしまった。だが、されそうになっていた本人が気が付いていたのなら話は別だ。

彩人よりも頭の良い莉里ならば、何かしらもっと良い方法を取っていただろう。

それが分かるだけにやるせなく、彩人は莉里からのお礼を素直に受け取ることが出来なかった。

「それでもだよ。私を慮《おもんぱか》って動いてくれたんだから。嬉しかった。ありがとう、彩人」

「……どういたしまして」

しかし、色々な事情から彩人以外の男が苦手な莉里からしてみれば、知らない男に触られるより触られない方が断然良い。

彩人には本当に感謝している。

改めて、そのことをもう一度顔を覗《のぞ》き込みながら伝えたところで、彩人もようやく莉里が気にしていないことを理解した。

恥ずかしそうに、フィッと横を向き礼を受け取った。

それから、電車を出ようとしたところで彩人は先程自分と同じように痴漢を止めた少年を見つけた。

見つけられた理由は、男の腕を摑んでいた手と同じ位置に絆創膏《ばんそうこう》があったからだ。

「なぁ、さっきはありがとな」

「えっ、えっと？」

少年の元まで駆け寄り、大事な幼馴染を守ってくれたお礼を言う彩人。

突然のことに理解が追いつかず、少年は不思議そうに首を傾《かし》げた。

童顔だからか、男ながらも首を傾げる姿が女の子のようで。一瞬本当に男なのかと彩人は疑ってしまった。

「あぁ、悪い悪い。説明不足だったな、さっき痴漢されそうになっていたのが俺の幼馴染でさ。止めてくれて助かった」

「……幼馴染？　な、なるほど！　そういうことか、いや全然お礼を言われるようなことはしてないよ。逃げられちゃったし」

「あんだけ混乱してたらしょうがねぇよ。それに、事件は起きるよりかは起きない方がいい。事前に止められたんだから、気にすんな。っても、俺も幼馴染に言われるまで気にしてたんだけどな」

「そっか。それなら良かったよ」

少し前の彩人同様に少年は素直に礼を受け取らなかったが、自虐を交えながら励ますと少年の顔は少しだけ明るくなった。

「そうだ。こっちゃ来い。コイツも痴漢を捕まえようとしてくれたんだ。莉里からもお礼を言っとけよ」

そう言って、彩人が莉里にも礼を言うよう伝えると、莉里は不服そうにしながらも近づいてきた。

「……ありがとうございます」

ある程度近づいたところで小さく頭を下げお礼を言うと、スタスタと彩人を置いて一人歩き出す。

「ちょっ、何処行くんだよ。悪いな、ちょっとアイツ男のこと苦手でよ。でも、根は良い奴《やつ》だから、あんま気にしないでくれると助かる。じゃあな」

「あっ、ちょっと」

うかうかしていると、本当に置いてかれそうだ。

少年には悪いと思いながら、彩人は軽いフォローを入れると莉里の後を追いかける。

まるで嵐のように慌ただしく去っていった彩人達。

一人残された少年の声だけが虚《むな》しくホームに響いた。

「お前の男嫌いも相変わらずだな。礼を言うだけなんだから、もう少し愛想よくしろよ」

改札を出たところで、莉里に追いついた彩人は先程のやりとりについて苦言を呈す。

いくら苦手だとはいえ、流石にあれは無愛想過ぎる。笑顔の一つでも見せれば、相手の印象も良くなるはずだ。

莉里を思っての発言だったが、彼女はそれを聞くと溜息《ためいき》を吐《つ》いた。

「でも、そうしたら男の人って勘違いするでしょ？」

「あ～……あぁ――」

核心をついた一言。

それは、やけに実感が籠《こも》っていて説得力があった。美人な莉里のことだ、小中学校のうちに似たようなことを何度も体験したのだろう。

彩人自身はイマイチそういった感覚はよく分からないが、消しゴムを拾ってもらっただけで女子が好意を持っていると勘違いして、告白し玉砕した馬鹿な男の友人がいる。

確かに、あれを間近で見ていた身としては否定しづらい。

「……あれで良かったのかもな」

「でしょ」

特に関係を持ちたいわけでもないのなら、あれくらいが丁度良いのかもしれない。釈然とはしないけど。

彩人はそう思い、莉里の意見に賛同すると彼女は満足そうに頷いた。

「そういえば、否定しなかったってことは彩人もそういう経験あるの？」

今まで、この手の会話をあまりして来なかったからだろう。

莉里は興味津々といった感じでどうなんだと問うてきた。

「いんや。ないな。消しゴム拾ってもらったからって人を好きになることは今までなかった」

「何か好きになるシチュエーションが物凄《ものすご》く限定されてるような気がするけど。とりあえず何もなかったのだけは分かったよ」

素直に彩人が答えると、莉里は「まぁ、彩人だしね」と勝手に納得した。

服よりゲーム。ショッピングよりスポーツ。お洒落《しやれ》なカフェよりその辺のチェーン店。

高校生になってもなお、彩人の感性は子供の頃から一切変わっていない。

身体だけは大きくなった子供。それが水無月彩人という人間だ。

「お子ちゃまな彩人にはまだ恋愛は早いみたいだね」

「うっせぇ。今に見てろよ、絶対高校卒業する前に可愛い彼女作って自慢してやるからな」

「はいはい。期待してないで待ってるよ」

多少自覚はあるが、それを理由に煽《あお》られるのは腹が立つ。

彩人は絶対に見返してやると意気込んだが、莉里の方は全く信用していないのか右から左へ聞き流した。

「そんなことより学校着いたよ」

「そんなことって……相変わらずデケェな」

自分の恋愛事情を一言で片付けられた彩人は少しだけ凹《へこ》んだが、すぐに興味の対象が目の前にある巨大な校舎に移ったことで元気になる。

駅を出てすぐの場所にあるこの学校は、聖羅《せいら》高等学校。

過去多くのプロスポーツ選手や芸能人、有名大学進学者を輩出している県内屈指の名門校で、入学出来れば将来は安泰と言われている。

本当に何でこんなすごい学校に入学出来たか分からない。

「クラスって何処に張り出されてんだろ？」

「うーん、校舎の前じゃなかったけ？」

「見た感じ人あんま集まっているように見えないな。なぁ、ちょっといいか」

とりあえず、自分のクラスを確認しようと思ったのだが何処で見られるか忘れてしまった。

莉里に聞いてみたが、彼女の反応が芳《かんば》しくないので合っているか分からない。

彩人は近くで桜の写真を撮っていた男子生徒に声を掛けた。

「えっと、何？」

天然パーマの少年はビクッと、肩を撥《は》ねさせ困惑したように彩人の方を向く。

この反応を見るに、自分が話しかけられると思っていなかったようだ。

「あっ、悪い驚かせまったな。クラスを確認したいんだけどさ何処で見るか忘れちまってさ。何処で見るか覚えてないか？」

「……あぁ、そういうこと。それなら、あっちの校庭の方で見られる」

悪いことをしたなと思いつつ、理由を話せば納得したらしく彼はクラス表が見られる場所を教えてくれた。

「サンキュー。あっ、そうだ。ここで会ったのも何かの縁だし名前教えてくんね？　俺、水無月彩人って言うんだ」

「明石海《あかしかい》」

「明石か。かっこ良い名前じゃん。クラスが一緒になったらよろしくな。マジでありとう助かった」

「こちらこそ」

海に改めてお礼を言うと、彩人は離れた場所にいる莉里の元に戻った。

戻るまで結構な距離があり、そんなに嫌だったかと彩人は思わず苦笑する。

さっきの教訓を生かし、今回は呼ばないでおいたのは正解だったようだ。

「校庭にあるってさ」

「そっ。じゃあ、さっさと確認しに行こ」

「せっかくなら一緒のクラスだといいよなぁ」

「私もそう思うけど、結局のところは運だから分かんないや」

一年のクラス数は五クラス。

同じクラスになる確率は二十パーセントであまり高くはない。

そのため、二人ともあまり期待しないままクラスを確認した。

「マジか」

「嘘《うそ》」

クラスを確認すると何と二人は同じクラスだった。しかも、苗字《みようじ》が同じま行なため出席番号が並んでいる。

ということは、おそらくだが最初の席は近いはず。

何という幸運。

彩人と莉里は最初それを見た時はあまりの都合の良さに目を疑ってしまった。

「……やっぱりいるんだ」

「ん？　なんか言ったか」

「いや、別に大したことじゃないよ。それより一緒のクラスになれて良かったね」

「本当にな。この学校に知り合いは莉里しか居ないからよ。マジで良かった。一年間よろしくな」

「うん、こちらこそ」

上手《うま》くやっていけるか不安だったが、莉里と一緒ならば心強い。

彩人が手を差し出せば、莉里はギュッと強く握り返すのだった。

(楽しい一年になりそうだ)

何の根拠もないけれど、彩人は間違いなく刺激的な一年間を過ごせるそんな予感がした。

◇

カツ、カツ。

ローファーの音を鳴らしながら階段を並んで登る。

繰り返し何度も使っていた階段。

今更、何も感じることはないと思っていたけれど、隣に前回は居なかった幼馴染《おさななじみ》の少年がいるからか新鮮さを感じる。

(本当、変な感じ)

そう思いながら、軽やかに階段を一歩一歩登っていく。

階段を登り終え、クラスの近くに行くとガヤガヤと生徒達の喧騒《けんそう》が聞こえたところで、ようやく懐かしさを覚えた。

（戻ってきたんだ）

前回も同じように教室が騒がしく、本当に進学校なのかと疑った。

それと同時に、このクラスに馴染めるだろうかと不安にもなった。

タイムリープをして長い時間が流れた今もそれは変わらない。

――上手くやれるだろうか？

――やっぱり来ない方が良かったんじゃないか？

と怖くなり、教室のドアを開く手が震えて動かなくなった。

「大丈夫か？　莉里」

突然固まってしまった莉里の様子に不思議に思った彩人が、横から顔を覗き込んでくる。

『よし！　よく言った。お前なら出来る。だから、思いっきりぶちかましてこい』

『うん！』

「うん、大丈夫」

（そういえばそうだった。覚悟なんてとっくの昔に済ませてたんだった）

彼の顔を見た瞬間、数年前にしたやり取りが脳裏を過ぎる。

あの日から自分はどんなことがあろうと前に進むと決めた。

だから、今更怖気付《おじけづ》いても遅い。

この高校に入学すると決めた時から既に賽《さい》は投げられている。

大きく一度深呼吸をし、気持ちを整えると莉里は教室の扉を開けた。

一斉に教室全員の視線が向けられる。

一度目は怖くて逃げ出したそれ。

だが、今回は堂々と受けとめ自分の席に着く。

すると、近くにいた赤茶色の髪をしたギャル生徒が話しかけて来た。

「ねぇねぇ、その髪って染めたの？」

「違うよ。この髪は生まれつき。母親がフランスの生まれだからその影響で」

「そうなの！　良いなぁ〜、もっと明るい色に染めたかったんだけど校則的にこれが限界でさ〜。リアル金髪とかマジ羨ま」

「アハハ、そんな良いものでもないよ」

キラキラと目を輝かせ、心底羨ましそうにするギャル。

昔に髪色が理由で虐《いじ》められていた莉里としては、何とも言えない気持ちになり乾いた笑みを返すことしか出来ない。

「はいはーい、私も質問。お肌めっちゃ綺麗だけど化粧品何使ってるのぉ〜？」

「彼氏はいますか⁉」

「どこ中？」

「好きな食べ物と男のタイプは？」

ギャルの質問を皮切りに、周りにいた生徒達から莉里の元に質問が殺到する。

莉里はあまりの量の多さに顔を引き攣《つ》らせ、やっぱり逃げた方が良かったかなとさっそく後悔した。

けれど、一応は想定の範囲内。

「化粧品は基本雪精霊を使ってるかな」

「ご想像にお任せします」

「知ってるか分からないけど、吉乃《よしの》中学校ってところ」

「甘いお菓子が好きです」

一度目の人生で同じような質問を受けたことがあるので、何とか捌《さば》いていく。

質問に答えている最中、ふと少し離れたところにいる彩人と目が合う。

自分を見つめるその目は生暖かく、娘の成長を喜ぶ父親のような雰囲気を出していた。

幼い頃から、莉里のことを知っている彩人だからこその反応なのだが、普通にムカついた。

自分の方が誕生日が早いし、精神年齢的にもかなり自分の方が大人なのだ。子供扱いはやめて欲しい。

（彩人の癖に生意気）

そう心の中で毒づきながら睨《にら》みつけたが効果はなし。

結局、クラスメイト達の質問は先生が来るまで途切れることはなく、それまで莉里は彩人からの視線に耐え続ける羽目となった。

入学式は特に問題なく終えることが出来た。

式を終えた生徒達は現在初めての授業であるＬＨＲ《ロングホームルーム》を受けていた。

教壇に立って説明をしているのは、自分達と同じように真新しいスーツに身を包んだ葉《は》山智慧《やまちえ》という女性教員。

新任ということもあり、かなり緊張しているらしく所々噛《か》んではその度に恥ずかしそうにしていた。

これからの授業のこと、行事のこと、成績のこと、教科書のこと、学園で生活する上での注意点などなど。

配ったプリントを使いながら説明していく。

「――説明は以上になりましゅ。と、とりあえず！　これらのルールを守って三年間楽しいスクールライフを送りましょう。では、今日のところはこれで終わります。ありがとうございました。気をつけて帰ってくださいね」

三十分程度で説明は終わり、本日はお開きとなった。

「よし、帰ろうぜ莉里」

「うん、ちょっと待って」

各々の生徒達が帰る準備をする中、すぐに準備を終えた彩人が帰ろうと声を掛けてきた。まだ荷物を鞄《かばん》に入れていなかった莉里は少し待つよう頼み、残りの教科書を詰め込む。

「いいよ」

全ての教科書を詰め終えたところで、莉里は立ち上がり彩人の隣に並ぶ。

「うし。で、お昼どこにする？　父さん達曰《いわ》く何処《どこ》でも連れてってくれるらしいからな」

「私まだ決まってないや。彩人は決まってる？」

「バーガーキン〇」

「……せっかくの入学祝いなんだからお高いお寿司《すし》とか焼肉とか食べようよ」

「バーガーキン〇はお高いだろ」

「ハンバーガー屋さんにしてはね」

この後、二人は両親揃《そろ》ってご飯に行くことになっているのだが、入学祝いでハンバーガーショップは流石《さすが》に無いだろう。

相変わらずのハンバーガー中毒者《ジャンキー》な幼馴染に莉里は呆《あき》れた。

（私がしっかりしないと）

とはいえ、他の選択肢がない今このままだとハンバーガーになってしまう。

莉里は何か良い店か悩んでいると、大人しそうな見た目をした女の子が近づいて来た。

「ねぇ、ちょといい？　二人はどういう関係なの？　朝一緒に登校していたのを見たけど」

男に対して塩対応だった莉里が男の彩人と親しげに話しているのが気になったのか、二人の関係について質問して来た。

「昔から付き合いのある幼馴染だよ」

「おう、そんな感じだ。まぁ、同じ学校に通うのは高校が初めてなんだけどな」

「……ふーん、そうなんだ」

特に誤魔化《ごまか》すことでもないので、素直に関係について白状した。

それを聞くと少女は神妙そうな顔付きになり、彩人の方へ目を向けた。

二人の視線が交差し、何もないまま時間が流れていく。

「……本当みたいね。ごめんなさい。勘繰るようなことしちゃって。少し気になったから、つい」

数秒後。

彩人が全く動揺しなかったからだろう。

少女は自分の勘違いだったと非を認め、無遠慮なことをしたと謝った。

「別に構わないぞ。俺も似たようなことがあったら、もしかしたら付き合ってるんじゃないかって思うしな」

「そう言ってもらえると助かるわ。時間とっちゃてごめんなさい。じゃあね」

「付き合ってないみたい。幼馴染なんだって」

彩人が気にしてないと言うと、少女はもう一度頭を下げ別れを告げると自分の席に戻っていった。

そして、そこで待っていた複数人の女子達に先程の結果を共有していた。

どうやら、気になっていたのは彼女だけではなかったらしい。

「ねね、どうだった〜？」

「すげぇ勘違いされてんな」

「女の子はいつになっても色恋沙汰が好きだからね。仕方ないよ」

彩人と莉里は短く言葉を交わし、顔を見合わせると苦笑い。二人揃って教室を出た。

その際、莉里が彩人のブレザーをほんの少し摘《つま》んでいたのだが、周囲の人間の誰一人気づいておらず、当の本人達も気が付くことはなかった。

第2章　友達

Ore no osananajimi ha Main heroine rashii

多くの人達から祝われた入学式の翌日。

非日常によって浮かれていた生徒達の気を引き締めるかのように、通常授業が開始した。

まず一発目は三限の数学。

彩人《さいと》達の担任である葉山《はやま》先生が受け持つ教科だ。

カリカリと出された問題をクラスメイト達が解いている中、ノロノロと亀のように手を動かしている生徒が一人いた。

（わ、分かんねぇ）

その生徒の名前は水無月《みなづき》彩人。

普段は明るく、何事にも興味を示し楽しそうに行うのだが、こと勉強においてだけは例外だ。

授業が始まってからずっと顔を顰《しか》めて、教科書と睨めっこ。

何とか自力で解こうとしているのだが、一度に与えられた情報があまりに多過ぎて公式が頭の中でゴチャゴチャになってしまう。

（sinとかsin二乗の公式とか色々あり過ぎなんだよ。てか、授業スピード早くね？）

頭に詰め込む情報量が多過ぎる。流石は進学校。今までの授業とは比べ物にならないほどレベルが高い。

これから先付いていけるのだろうかと彩人は不安になった。

「……彩人どんな感じ？」

そんな彩人の心が聞こえたかのように、前に座っている幼馴染《おさななじみ》の莉里《りり》が振り向いてきた。

「無理。終わってる」

「だと思った」

「次の公式が出てくるの早過ぎんだよ」

「教えてあげよっか？」

彩人が簡潔に今の状況を説明すれば、かなり不味《まず》いのだと察したのだろう。

莉里は教えようかと提案してきた。

「頼む」

このままだとそう遠くない未来で赤点を取る自分の姿が見えた。

そうなれば、せっかくの夏休みや冬休みを補習にとられてしまう。

それだけは絶対に阻止せねばならない。

二つ返事で彩人はその提案に飛びついた。

「素直でよろしい。じゃあ何処から分からないか教えてくれる？」

「多分最初から」

「分かった。じゃあ、今出てきた公式を一回端の方に全部書き出してみて」

「分かった」

新しいルーズリーフを取り出し、言われた通りに公式を書いていく。

「出来たぞ」

「おっけ。じゃあ、今度は簡単な問題から行こうか。sin θを求める式から」

「分かった」

「あっ、ちょっと待って。公式見ながら書くのは良いんだけど。何の公式を使うか書いてから解いてみて」

「それ、めんどくね？」

「文句言わない。ほら、やって」

問題を解こうとしたところで、莉里から追加の指示があった。

内容は問題を解く際、必ず使う公式を書くこと。

簡単なことではあるが、それを全ての問題にいちいちやるとなると流石に手間だ。

彩人が嫌そうな顔で抗議したが、マトモに取り合ってもらえなかった。

「はぁ、とりあえずやってみるか」

気は進まないが、せっかくアドバイスしてくれたのだ。やるだけやろう。

溜息《ためいき》を吐《つ》き、彩人は莉里に言われた通り公式を書いてから問題を解いていく。

(おぉ、だんだん追いついてきた)

暫《しばら》くしたところで、彩人の手が急激に進み始めた。

問題を解く直前に、公式を書き起こしていたことでようやっとどの場面で使う公式なのかを理解したからだ。

それでも、一々公式を書いているので他の生徒達に比べれば遅いけれど。

代わりに、公式は確実に身体の中に染み込んでいる。

これを繰り返していれば、テスト前の勉強はあまりしなくてもいいかもしれない。

「……やっぱ、焦って近道すんのは駄目だな」

「勉強に近道はないからね。でも、今は少しだけ焦った方がいいかもよ?」

ある程度区切りがついたところで、しみじみと呟く。

それを聞いていた莉里は同意すると、困ったように教壇の方を指差した。

「次は、水無月君ここの大問二の答えをお願いします」

「へ? は、はい! ええっと――」

突然、担任から指名され慌てる彩人。

そういえば、今は出席番号の逆順に指名されているのだった。

問題を解くことに集中していて、完全に自分が答える可能性を失念していた。

（まっず）

ルーズリーフに目を走らせるが、最初にかなり出遅れた彩人はまだ指定された問題が解けていない。

ダラダラと冷や汗を流していると、トントンと前の席からシャーペンでノートを叩《たた》く音が聞こえる。

そちらに目を向けると、少し大きめの字で『十七分の四』と書かれていた。

「――十七分の四です」

「正解です。ありがとうございます、水無月君。座っていいですよ」

咄嗟《とっさ》にその数字を答えると、担任の先生はよく出来ましたと笑みを浮かべる。

何とか無事乗り切ることが出来た。

先生から座るよう言われた瞬間、彩人はヘナヘナと机に倒れ込んだ。

「……ナイス莉里。マジで助かった」

「どういたしまして。今日の彩人は世話が焼けるね」

「返す言葉もねぇ」

とりあえず、機転をきかせてフォローしてくれた幼馴染に心の底から礼を言う。

先程の慌てている彩人の姿が面白かったのか、彼女は肩は震わせていた。

笑うなよと思うが、助けてもらった手前そんなことを言えるはずもない。

今後同じことが起きないよう勉強をしようと固く決意するのだった。


キーンコーン、カーンコーン。

それから、少ししてようやく授業の終わりを告げるチャイムが鳴った。

「あぁ、疲れた」

久しぶりの授業というのもあるが、色々あったせいでたった五十分でかなり疲れた。

彩人は椅子を傾け大きく伸びをする。

「お疲れ、彩人」

暫く椅子を揺らしてリラックスしていると、天然パーマの小柄な少年が話しかけてきた。

彼の名前は明石海《あかしかい》。

昨日、掲示板の位置を教えてくれた親切なあの少年だ。

今日の朝あった自己紹介で同じクラスだと気がつき、休憩時間に話しかけて仲良くなった。

口数が少なく、独特な世界観を持っている芸術家タイプ。今まで出会ったことのないタイプなため話していて面白い。

「お疲れ～海。お前ついていけたか？」

「ぼちぼち。問題はない」

「マジ？　すげぇな。俺全然出来る気しなかったわ～」

あの授業スピードで平然と追いつけているという友人に、彩人は素直に感心する。

「暇なら連れジューしない？　今日来る途中買うの忘れたから欲しい」

「いいぜ。俺もなんか買おうと思っていたし」

丁度自販機に行こうと思っていたので、明石の誘いはタイミングが良かった。

彩人は返事をすると、鞄《かばん》から財布を取り出し立ち上がる。

「何処《どこ》の自販機行く？」

「食堂前。あそこには熱々のお汁粉がある」

「ハハッ、お前季節感バグってんな」

海の天然発言に彩人はケラケラと笑いながら、教室を後にする。

「彩人は何を買う？」

「ミルクティー」

「イメージと違う」

「その認識は間違ってねぇよ。基本俺はコーラとかスポドリだ」

「じゃあ、なんで？」

「強いて言うなら、お礼だな」

莉里の方は大したことはしていないと思っているのだろうが、彩人としては結構な借りが出来たと思っている。

だから、その借りを返すためにミルクティーを献上しようと考えたのだ。

財布事情的には気安く人にジュースを奢《おご》れるほど余裕はないのだが。ここは必要経費だと割り切る。

「彩人は律儀」

「受けた恩は絶対返せって母さんに仕込まれて育ったからな」

「ヤ〇ザみたい」

「ヤンキーではあったらしいな」

他愛《たわい》ない話をしていると、目の前を歩いていた男子生徒が曲がり角から出てきた美人な先輩とぶつかった。

「キャッ！」

「うわあっ！」

バサバサッ。

ぶつかった二人は尻餅をつき、先輩が持っていた大量のノート達が一面に広がる。

「あちゃあ」

「ちゃあ〜」

大惨事を目の当たりにした彩人と海は揃《そろ》って、やってしまったなと顔に手を当てた。

「ごめんなさい！　僕の不注意で」

「いえ、私の確認不足です。貴方《あなた》に非はありませんから」

「いや、僕が」

「いえいえ、私が」

ぶつかった二人は立ち上がるとすぐにペコペコと頭を下げ謝り合う。

互いが自分に非があると主張しあっているせいか、アレは中々終わりそうにない。下手したら休憩時間が終わる可能性がある。

「海、行くぞ」

「おけ」

そうなると、流石《さすが》に二人だけでなくここを通るだろう他の通行人も困る。

仕方なしに、彩人と海は二人の間に入ることにした。

「ちょいちょい。そこのお二人さん。謝るのは良いけど、流石に地面に落ちたもん拾った方がよくないか？　通行の邪魔になってんぞ」

「なってんぞ」

「「あっ⁉　ごめんなさい」」

彩人が声をかけたことで、今の状況を改めて理解したらしい。

二人揃って間抜けな声を上げ謝るとノートを拾い出し、彩人と海もそれを手伝った。

「すいません。手伝ってもらって。このお礼は必ず」

四人がかりであったこともあり、大量のノートは一、二分程度で集めることが出来た。

深々と彩人達に向かって頭を下げる先輩。

ただ、頭を下げただけなのに所作の端々に気品が溢《あふ》れており、育ちの良さみたいなものを感じた。

もしかしたらどこかのお嬢様かもしれない。

「お汁粉を所望する」

「俺アクエ〇がいいっす」

「ちょっと、二人とも流石にそれは先輩に失礼だよ」

「間に受けんなよ。冗談だっての」

「え？」

「……海、お前ガチだったのか」

彩人としては空気を和ませるため、冗談で言っていたのだが海の方は違ったらしい。

ナチュラルな図々《ずうずう》しさに呆れてしまった。

「ふふっ、面白いですね貴方達は。生憎《あいにく》今は待ち合わせがないので、放課後生徒会室に来てくれたらご用意しますよ」

だが、この図々しさがお気に召したのか先輩はジュースを奢ることを約束してくれた。

「やった」

「マジすか。あざす先輩。冗談でも言ってみるもんだな、おい」

「「イェーイ」」

「……やっぱり遠慮ってものがないじゃないか」

まさかの結果に彩人と海はハイタッチして喜び合う。

そんな二人を横目に側にいた少年は大きな溜息を吐いた。

「じゃあ、俺ら自販機行くんで。ここいらで失礼しゃっす」

「失礼～」

「本当にありがとうございました」

奢ってもらえることになったとはいえ、放課後は流石に遅い。

今すぐ飲み物がどうしても欲しい彩人と海は、先輩に頭を下げると自販機に向かう。

階段を降り、食堂前に辿《たど》り着いた。

横にずらっと並んだ自販機からお目当ての物を探し出し各々欲しいものを購入する。

カコッと、海がお汁粉のタブを開けたところで先程一緒にノートを拾った少年が遅れてやって来た。

「お前も自販機目当てか。てか、お前駅で痴漢を捕まえようとしてくれた奴《やつ》じゃん。同じ高校だったんだな、会えて嬉しいぜ」

「昨日ぶり。一応なんだけど高校っていうか僕達同じクラスなんだけどね。自己紹介聞いてなかったの？」

　よくよく観察してみると、彼は昨日電車で出会ったあの少年だった。

　まさか、同じ高校で会えるなんてと感動していたら実はクラスも同じだったらしい。

「マジか、すまんすまん。自分の番が来るまでボッーとしててよ。他の奴らのあんまり聞いてなかったんだよ。で、悪いんだけどもう一回名前言ってくんね？　今度はちゃんと聞くからよ」

「別に良いけど。僕の名前は――」

「西園春樹《にしぞのはるき》」

「――……デス」

　若干気まずい思いをしながら、彩人はもう一度名前を教えてくれと少年に頼む。

　渋々ながら少年が自分の口にしようとしたところで、海がそれを遮り彼の名前を言った。

　満足に自己紹介をすることが出来ずに終わった春樹は、ズーンっと自販機に手を付き落ち込んだ。

「海。人の自己紹介は流石に取っちゃ駄目だろ」

「メンゴ」

流石にそれは駄目だろと非難すると、海は悪びれた様子もなくテヘッと舌を出すのだった。

第3章 身長差

Ore no osananajimi ha Main heroine rashii

時に、人は成長する生き物である。

特に子供から大人になるまでの間はその成長は目まぐるしい。

少し合わないうちに数センチ伸びていて驚くこともしばしば。

だが、不思議と本人もしくは常に側にいる人間は成長していることに気付けない。

それは、ひとえに自分の中でイメージが勝手に出来上がっているからだ。

自分は、この子は、こういう見た目だというイメージが先行して、何かきっかけがないとイメージとのズレを自覚することが出来ないのである。

だから、まぁ要するにアレは仕方が無かったという話だ。

◇

桜の花がピークを迎えた四月の半ば。

保健室を出た彩人《さいと》は担任から渡された記録紙を眺めていた。

『身長百七十三センチ。体重六十六キロ。座高九十センチ』

「結構伸びたなぁ」

去年の結果に比べれば、四センチも伸びていた。

少しだけ目線が上がったような気がしないでもない。

そろそろ成長期も打ち止めかと思っていたのだが、まだまだ継続中のようだ。

想像以上の結果に、自分のことながら彩人は感嘆の声を上げた。

「彩人見せて」

「おう、いいぞ」

友人の結果がどんなだったのか気になったのだろう。

教室の外で待っていた海《かい》が記録用紙を見せてくれとせがんできた。

彩人は女子じゃないので見られて恥ずかしい情報はないから、特に渋ることなく見せた。

「でかっ。二十センチくらい差がある」

「そんな差があるのか。海はもうちょっとあると思ってたんだけどな」

「そうだよね。こんなデータはあり得ない。測り直しを所望する」

海は男子にしては小柄だと思っていたが、まさか二十センチも差があるとは思わなかった。

素直に彩人がそう口にすると、海は嬉《うれ》しそうに保健室へ突撃しようとする。

が、その場にいたもう一人に肩を摑《つか》まれそれは叶《かな》わなかった。

「盛りたくなる気持ちは分かるけど、海君何回も『もう一回』って測り直してもらってたから流石に変わらないと思うよ」

「正論パンチやめい」

春樹《はるき》曰《いわ》く、何回も測り直しをした後のようだ。

確かにそれは変わらないと彩人も思う。

しかし、現実を受け入れられないのか海は聞こえないとばかりに耳を塞いだ。

彩人と春樹は顔を見合わせ、愉快な奴だと笑い合う。

「おぉ、いとっち達お疲れ。結果どうだった？　見して見して」

「いいぞ」

教室に戻ると、赤茶色髪ギャルの八雲朱李《やくもしゆり》が絡んできた。

その後ろから、莉里《りり》と神崎《かんざき》ミナカという大人しそうな女の子が続いてやって来る。

ここ最近、莉里は彩人と話さない時はミナカと朱李とよく話している。

「うわっ、百七十三センチもあるのいとっち。デッカいね〜。かいっちは逆に百五十五センチとちっちゃくて可愛い。はるっちは、まぁ、うん普通？」

「僕だけ扱いが雑じゃないかな⁉」

「ドンマイ」

三人の結果を見て各々感想を溢《こぼ》す朱李。

一人だけ感想がおざなりだった春樹はもう少し何かなかったのかと抗議する。

だが、春樹は身長も体重はＴＨＥ平均という感じで他の感想と言われても難しい。

「莉里。身長どんな感じだった？」

ショックを受けている春樹を横目に、彩人は莉里に結果を尋ねた。

昔は記録用紙を見せろと言っていたが、矢花《やばな》と莉里の教育によって矯正されたので勿論《もちろん》身長だけだ。

「一応伸びてたよ。〇・五センチ」

「誤差じゃん」

「一の位が変わっているのでちゃんと伸びてます～。彩人みたいに四センチも伸びる方がおかしいの」

「いやぁ、なんか伸び盛りでさ。てか、これでついにお前のこと抜いたな。今まで散々チビ扱いしやがって。これから覚悟しとけよチビ。やーい、チビチビ。あれ、莉里何処《どこ》行った？　チビ過ぎて見えねぇなぁ」

「くぅ～。こうなるって分かってたから負けたくなかったのに」

去年の時点ではほぼ背が並んでいた。

が、ミリの差で彩人の方が負けており結局例年通りチビ扱いを受けていた。

しかし、今年になってようやく関係が逆転した。

積年の恨みを晴らすように彩人が煽《あお》り散らかすと、莉里は悔しそうに唇を嚙《か》み締《し》めた。

「おおっ、珍しい。りりっちがぐぬぬってなってる。レアだ」

「……そうね」

普段お目にかかれない友人の悔しがる姿に、ミナカと朱李は珍しいものを見たと驚く。

「そういえば、朱李。理想の身長差って知っている？」

「勿論知っているよ。大体十五センチだっけ。確かそれくらいがキスとかハグしやすいんだよね」

彩人が一頻《ひとしき》り煽り終えたところで、話題は移り女性らしいものになった。

「十五センチ。ってことは百四十センチ」

「逆を探した方が早いと思うなぁそれは」

「じゃあ、私の場合は百七十七かぁ～。探すの大変そう。あっ、でもミナっちは百五十八だからいとっちと丁度良いじゃん」

「ッ⁉」

「チッ」

「チッ⁉　って、お前今舌打ちしたか⁉　流石《さすが》に酷《ひど》くね」

「空耳でしょ。被害妄想はやめてくれる？」

それぞれ理想の身長相手に話していると、突然舌打ちを喰《く》らった彩人は仰天する。

ミナカとは殆《ほとん》ど話したことがなく、特別何か嫌われるようなことはしていないはずなのだが。

知らぬまに何かしてしまったのだろうか。

そうだとしたら謝りたい。

莉里の友人と気まずい雰囲気になるのは彩人としては本意ではないのだが、今の反応を見るに難しそうだ。

「別に理想の身長差だからって無条件に付き合うわけじゃないわよ。ヒールとかで多少調整出来るもの。隣に並んで丁度良ければそれでいいのよ」

「うわぁ、自分で話振っといたのに身も蓋もないこと言うねミナっち」

「別にいいでしょ」

明らかに不機嫌となったミナカが雑にまとめて話は終了。

先生が教室に来たところで解散となった。

「莉里のじゃん。ええっと体重は――」

「見ないで！」

「――カハッ」

席に戻る途中、莉里の記録紙が落ちていたので彩人は拾う。

少し悪戯《いたずら》心が湧き上がり、体重の欄を見ようとしたところで怒声と共に拳が鳩尾《みぞおち》にめり込んだ。

会心の一撃《クリーンヒット》。

あまりの痛みに記録紙を手放した彩人は、改めて女性の体重を見るのはタブーなのだと思い知った。

(五十九ってそんなに恥ずかしいもんなのか?)

ただ、微《かす》かに見えた数値は身長的にはかなり痩せている方だと思うのだけれど。

女という生き物は良く分からない。そう思いながら、彩人は意識を手放した。

◇

時は少し流れ、放課後。

駅のホームにて莉里と彩人はベンチに座って帰りの電車を待っていた。

「なぁ、これとか良さそうじゃね?」

「マッ○の店員ね。近場でそこそこ給料が良いけど、先生とか知り合いが来そうで怖いから却下」

「ええ、じゃあ、ここのモ○は？」

「学校からはかなり離れてるけど。離れ過ぎてて毎日通うの大変だよ。っていうか、よく考えたら彩人がハンバーガー安く食べたいだけでしょ。私情なしでちゃんと選んで」

「へーい」

今日の話題はアルバイト。

せっかく高校に上がってアルバイトが解禁されたということで、お金も欲しいし良さげな求人を二人がかりで探しているのだが難航中。

ネックとなるのは聖羅《せいら》高校がアルバイトを禁止していること、二人の家が離れていることだ。

先生に見つからなさそうで、二人が一緒に通える場所となるとこれまた難しい。

途中で探すのに飽きてしまったのか、彩人は片っ端からハンバーガーショップの名前を挙げ出してしまった。

「ていうかさ、そもそも思ったんだけど。お前接客出来んの？」

「……無理かも」

「じゃあ、無理じゃん」

「終わったね」

その場の勢いでアルバイトをしようという話になったが、よくよく考えれば男嫌いな莉里に接客業や人と関わる仕事が務まるビジョンが見えない。

思い返してみれば、一度目に大学でしていたアルバイトは動画編集や広告作成といったもっぱらデスクワーク系で接客なんて一ミリもしたことがなかった。

どうやら、探している段階で結構詰んでいたらしい。

スマホをポケットにしまって二人揃《そろ》って黄昏《たそがれ》る。

すると、電車の到着を知らせるアナウンスがホームに響く。

莉里と彩人はベンチを立ち、列に並んだ。

「めっちゃ混んでね？」

「うん。次の電車にする？」

「っても、昼にめっちゃ遅延したらしいから暫《しばら》くこんな感じらしいぞ」

「本当だ」

やってきた電車は人が入れる隙間があるのかと思うほど、ギュウギュウ詰めで二人は乗るかどうか躊躇《ためら》った。

だが、スマホで調べたところ昼に事件があったらしく、次を待ったところで変わりはなさそうだ。

「乗るしかないね」

「それしか選択肢ねぇしな」

というわけで、覚悟を決めて二人は電車に乗り込むことに決めた。

ドアの前にいる人達に頭を下げ、何とか入れてもらうことが出来たのだが、かなりキツイ。

少し揺れただけで鞄《かばん》や身体がぶつかってくる。

「……ちょっと、じっとしてろよ。すいません」

顔を顰《しか》め辛《つら》そうにしている莉里を見かねたのか、彩人が小さくそう呟くと莉里を守るように他の人との間に身体を滑り込ませた。

「これでマシになったろ」

（全然マシになってないよ!?）

確かに彩人が守ってくれるおかげで、ぶつからなくはなった。

ただ、その守り方が完全に所謂《いわゆる》壁ドンの体勢で。

少しでも顔を動かせば唇が触れそうな距離に彩人の顔が来てしまっている。

この幼《おさな》馴染《なじみ》のことだ。今更壁ドンなんて関係ないだろとでも思っているのだろう。

正直、莉里もそう思っていた。少し前までは。

数年前に彩人と二人で電車を使って遠出した時に、似たような出来事を体験したことがあったから。

（近い近い近い近い近い近い！）

だが、その時とでは決定的に状況が違うことがある。

それは、身長差。

数年前は、莉里の方が彩人よりも数センチ背が高かったのだ。

だから、壁ドンをしても彩人の顔は大体胸よりちょっと上か首くらいの位置にあってあまり気にはならなかった。

今回も同じシチュエーションになる。

無意識のうちにそう決めつけてしまっていたのだ。

意識外からの不意打ち。

全く想定していなった事態に陥った莉里の頭は故障状態《エラー》。

身体の熱が暴走し、物凄《ものすご》い勢いで顔に熱が集まっていくのを感じる。

——これは不味《まず》い。

理性と本能が幼馴染に見られるのは不味いと警鐘を鳴らす。

莉里は咄嗟《とっさ》に顔を横にずらし、彩人の肩に顔を埋める。

「どうした急に？」

「……何でもない」

全然、全く何でもなくはあるんだけど。

この幼馴染《クソガキ》にだけはバレるわけにはいかない。

バレたら絶対弄《いじ》られるに決まっている。

ドッ、ドッ、といつもの倍以上の速さで脈打つ心臓に鎮まってくれと切に願うが、言うことを聞いてはくれなくて。

結局莉里が電車を降りるその時まで、心臓の鼓動は早いままで身体の熱が一向に引くことはなかった。

第4章　体力テスト

Ore no osananajimi ha Main heroine rashii

空は雲一つない快晴。

寒くもなく暑くもないそんな絶好の運動日和。

この日、運のいいことに彩人《さいと》達はグラウンドにて身体測定を行っていた。

「よっと！」

「はっ、えっぐ！」

「やっば、めっちゃ飛んでんだけど」

「六十メートル⁉　野球部の奴《やつ》より飛んでるとか水無月《みなづき》ヤバ過ぎんだろ」

「ハッハッー！　まぁ、俺にかかればざっとこんなもんよ」

体育は彩人の得意科目。持ち前の身体能力を活《い》かし体力テストを無双していた。

今やっているのはハンドボール投げ。

手のひらにギリギリ収まるくらいのボールを投げて、飛距離を測るというもの。

野球部でも超えることのなかった六十メートルの大台を突破した彩人に、周囲から驚《きょう》愕《がく》の声が湧き上がる。

周りの歓声を受け、分かりやすくニヤけるお調子者の彩人。

「よーし。もっぱつすげぇのかましてやるから見とけよ。よっこい…あっ」

「あっ、すっぽ抜けやがった」

「〇・五メートル。ぷっ、だっさ」

「やっちまったぁ――――!!」

「あ〜あ」

「まぁ、彩人君らしいと言えば彩人君らしいね」

しかし、調子に乗ったのがいけなかったのだろう。

二投目は綺麗に手からすっぽ抜け、少し前の地面に落下。クラス内最低記録を叩《たた》き出した。

絵に描いたような完璧な即落ち二コマ。

頭を抱えて項垂《うなだ》れる彩人を見て、男子達から今度はドッと笑い声が上がった。

「最悪だ」

「お疲れ様」

「おつかれ、色々最高だった」

顔を両手で隠しながらトボトボと歩いて戻ってきた彩人を、春樹《はるき》と海《かい》が優しく迎え入れる。

が、今はその優しさが逆に効く。

彩人はドカッと地面に腰を下ろし、暫く身悶《みもだ》えた。

「りりっちすごーい！　めっちゃ早いじゃん」

「ん？」

フェンス一枚挟んだ運動場にいる女子の方で何やら歓声が上がる。

気になった彩人は目だけ向けると、どうやら莉里《りり》が活躍しているらしい。

（アイツ勉強だけじゃなくて運動も出来るのバグだよな）

昔出会った時は、逆上がりも出来ないくらいの運動音痴だったのに。

小学校の時、二年だけ一緒に柔道の習い事をしてから急に覚醒したのだ。

元々頭が良く、要領のいい莉里は師範の教えを凄《すさ》まじい速度で吸収し、あっという間に道場にいる同年代の女子達には負けなし状態となった。

これを機に、身体の効率的な動きを理解したのか、その他の運動も人並み以上に出来るようになった。

天は二物を与えずというが、あの幼馴染に関しては例外だろう。

自分もあれくらい頭が良かったらなと、彩人も時々羨むことがある。

「うわっ、めっちゃ揺れてる」

「何カップだよ、あれ？」

「マジ、同じクラスで良かった〜」

　莉里が近くを通ったところで、男子達が喜びの声を上げる。

クラスで人気の美少女が間近を通ったのもあるが、理由の九割くらいは彼女が持つ年齢にそぐわない大きな果実だ。

ブラをしていてもなお揺れる大きな胸に男子達の視線は釘付《くぎづ》け。

彼らは本気で感動していた。

例に漏れず、彩人の視線も幼馴染の胸に吸い寄せられていた。

(また、デカくなってねぇか？)

が、見ている理由は他とは少しだけ違う。

彩人が注目しているのは、莉里の驚異的な発育スピード。

去年の夏休みに海で遊んだ時よりも格段に胸が大きくなっていたことだ。

同年代の女子達と同じ時期から膨らみ始めておきながら、今では周囲とかなりの差を付けている。

一体何を食べたらあんなに育つのだろうか？

純粋に彩人は発育の理由が気になった。

もし、それが分かればもっと身長差が出来るかもしれない。

そんなことを考えていると、幼馴染の瞳がこちらを捉えた。

（やべっ）

別にやましいことを考えてはいけない。

けれど、胸を凝視していたことによる何ともいえない気まずさを感じた彩人は、咄嗟に彼女から視線を下に移した。

彼女の足は一定のリズムで動いており、無駄がない。日常的にランニングをしていることが窺《うかが》える。

けれど、彩人は何故《なぜ》か違和感を覚えた。

その正体を掴《つか》もうと、目を凝らし観察しようとしたところでハプニングが起きた。

「ふみゅ！」

「瑞樹《みずき》ちゃん！　大丈夫⁉」

「あぁ、なんてことだ。我らの天使《エンジエル》が転んでしまった」

「転んだ時の声まで可愛らしい。……じゃなくて、担架持ってこい！　至急、天使様を保健室にお運びしろ」

春樹の幼馴染である藍園《あいぞの》瑞樹という小柄な少女が盛大にすっ転んだのだ。

クラス全員の視線が一斉に集まる。

結構な勢いで地面に突っ込み、膝から結構な量の血を流している。深く抉《えぐ》られたのが想像に容易《たやす》く、かなり痛そうだ。

瑞樹が膝を抱えて蹲《うずくま》っていると、蒼《あお》い顔をした春樹が真っ先に駆け寄っていく。

瑞樹は小柄で大変保護欲をそそる見た目と語尾に『です』を付ける特徴的な話し方から、莉里程とはいかないまでも男子達《ロリコン共》から人気が高い。

そのため、ここでアピールをしようと何人かの男子が春樹の後に続いた。

「絶対あんなに人いらんだろ」

「胴上げして運べそう」

「悪化しそうだな」

春樹を含め六人の男子が瑞樹の元に駆け寄ったのを見て呆れる彩人と海。

当然のように春樹以外の男達は、爪弾《つまはじ》きにあい春樹が保健室まで連れ添うことになった。

「俺が消毒してあげるからいかないで！」

「我々の舌で消毒を」

「きしぇです」

「「ぐはっ！　ありがとうございます」」

「春樹……助けてです」

「ハハッ、それじゃあ行こっか」

それでも何とかアピール——ではなく、役に立つと言う名目のもと、気持ち悪い願望を口にする犯罪者予備軍《ロリコン》達。

瑞樹からは至極冷めた目で罵倒されたが、それでも嬉《うれ》しそうにしている。

あれはもう末期だろう。どんな名医でも手に負えない。止めるとしたら警察のお世話になる以外選択肢はないだろう。

本気で怖がる瑞樹に春樹は苦笑いを浮かべながら、保健室へ向かった。

視線を莉里の方へ戻す。

ちょっとした騒ぎこそあったが、女子の長距離走は止まることなく継続中。

一周してきた莉里がまた近くを通った。

「ハッ、ハッ、ハァ、ハァ」

タイムを見たところこの一周でラストだろう。

最後のラストスパートに向けてギアを上げると思ったが、莉里は苦しそうな顔をしてさっきと同じペースで走って行く。

(あぁ、そっか。コイツも、どっかやってたんだ)

今の光景を見て、ようやく彩人の中にあったモヤモヤが晴れた。

彼女は間違いなく怪我《けが》をしている。

瑞樹のように分かりやすく転んではいないので、走っている途中で捻《ぐにゃ》った感じだろう。

正直、あまりにも上手《うま》く隠しているものだから、今の今まで全く気が付けなかった。

「……はぁ、しゃーねぇな。俺ちょい、トイレ」

「イットイレ～」

結構早めな段階で捻《ひね》っているのなら、走ったせいで変に悪化している可能性がある。

世話のかかる奴だ、と彩人はため息を一つ。

トイレに行く、と海に嘘《うそ》を吐《つ》きその場を後にする。

「確か、昨日買った奴が入っているはず。おっ、あったあった」

教室に戻りゴソゴソと自分の鞄《かばん》を漁《あさ》る。

鞄の下に手を突っ込んだところで、お目当ての物を見つけた。

彩人が取り出したのは、湿布とテーピングテープ。

何故《なぜ》こんなものがあるのかと問われれば、本当にたまたま。

昨日の帰りに父親から、腰を痛めたから湿布とついでに切らしているテープを買ってこいと言われたから。

で、いざ買って帰ってみたら『なんか治ったから大丈夫』と言われてしまい、鞄から出すタイミングを逃したのだ。

骨折り損のくたびれ儲《もう》け。

買いに行く意味なんてなかったと思っていたが、まさかこんなことで役に立つとは。

世の中なにがあるか分からない。

ジャージのポケットにそれらを突っ込み、運動場へ。

「おか。お通じはどうだった？」

「絶好調だったぜ」

「スプラッシュマウンテ○位？」

「流石《さすが》にそこまでじゃないな。海、その例え使うと消される可能性あるから止めとけよ」

「わかった」

海と合流したところで、授業の終わりを告げるチャイムが鳴った。

整列し、礼を終えると「海。ちょっと用事あるから先帰ってろ」彩人は真っ先に莉里の元へ走った。

「五分ジャストとかマジやばくない？　りりっち早過ぎ」

「アハハ。そこそこ走るのは得意だから。あっ、どうしたの彩人？」

「ちょっと野暮用《やぼよう》があってさ。八雲《やくも》ちょっと莉里貸りていいか？」

「どうぞどうぞ。そういうことなら私先にミナミナと帰っとくね」

「うん、分かった」

「サンキュー。ほんじゃ、あっち行くぞ」

話があると伝えると、朱李《しゆり》が気を利かせて二人っきりの状態にしてくれた。

彩人は礼を言い、人目の少ないプレハブの裏に莉里を連れて移動する。

「で、どこやったんだ？」

「ッツ！　……何で……分かったの？」

単刀直入に尋ねると、莉里はどうして分かったのかと目を見開く。

「何年付き合いがあると思ってるんだよ。幼馴染《おさななじみ》の様子が変かどうかくらい分かるわ。まぁ、他の奴《やつ》らは気がついてなかったっぽいから、そこは安心していいんじゃねぇの」

「……そっか」

呆《あき》れ顔《がお》で彩人が理由を説明すれば、彼女はホッと胸を撫《な》で下ろした。

「右足の付け根。走ってる時に捻っちゃって。最初はそんなだったけど、途中から段々と痛くなって」

誰も周りに居ないからだろう。

莉里は素直に足が痛くて困っていたと打ち明けた。

「あんま無茶《むちゃ》すんなよ。ほら、靴脱げ。湿布とテーピング持ってきた」

「何で持ってるの？」

「たまたま昨日帰りに父さんに頼まれて買ったんだよ。そんで帰ったらピンピンしてて。完全に無駄足だったわ」

「ふふっ、なんて言うか陽《よう》さんらしいよね」

持っている経緯を話すと、彼女は穏やかに微笑《ほほえ》み靴と靴下を脱ぐ。

真っ白でほっそりとした長い足が目の前に差し出される。

大抵の男ならば生唾ものの状況。

だが、彩人は特に何を思うこともなく手を伸ばした。

「……ッ！」

「あっ、悪い。痛んだか？」

彩人が足に触れると、ビクッと莉里の身体が跳ねる。

反射的に手を離し、莉里の方を見上げると何故か明後日の方向を向いていた。

「だ、大丈夫。私に構わず一思いにやっちゃって。さぁ」

「……敵キャラの背後に抱きついて、主人公の必殺技を喰《く》らって敵諸共《もろとも》死ぬ奴みたいなこというキャラだっけ？　お前」

少し様子のおかしい莉里に、彩人は戸惑ったが彼女のお望み通り処置を行った。

「これでよし。ちょっと動いてみろ」

「う、うん」

テーピングを巻き終えたところで、莉里に靴を差し出す。

彼女は頷くと靴を履いて、言われた通りにその場を少し歩く。

「いたっ」

「ありゃ、ちゃんとやってたと思うんだが。無茶し過ぎたな。痛むんならおぶってやろうか？　保健室連れて行ってやるよ」

きちんと処置したはずなのだが、三回地面を踏み締めたところで莉里は痛みに顔を歪《ゆが》めた。

やっぱり保健室に連れて行って診てもらった方がいいかもしれない。

そう思った彩人はおんぶを申し出た。

「保健室に行くほどじゃないから……。でも、うん、そうだね。お言葉に甘えて校舎まで運んでもらおうかな。でも、人目はちゃんと気にしてね」

「おう、任せとけ」

最初こそ渋った莉里だが僅かな逡巡《しゅんじゅん》をした後、結局申し出を受け入れた。

この時、莉里がやけに綺麗《きれい》な微笑みをしていたのだが、彩人は気付かぬままその場にしゃがみ込む。

肩に手を回されたところで、両手で抱え込んで立ち上がった。

「……ねぇねぇ、彩人」

人のいないルートを探しながら歩いていると、不意に莉里が耳元で囁《ささや》いてきた。

「ん？　どした」

「さっき見てた私の胸はどう？」

何かあったかと尋ねれば、ふにゅりと柔らかい物が一層押し付けられると同時に莉里が爆弾投下。

「なっ⁉　気付いてたのかよ！　あ、あれはそういうんじゃないからな！　デカくなったなって。あぁ、違う！　成長したって意味だぞ！　やましいことはない」

一瞬にしてぶわっと背中から嫌な汗が吹き出す。

何とか誤解を解こうと弁明をする彩人。

しかし、気が動転しているせいか誤解を招くようなことを言っていて。

「うんうん。分かってるよ。彩人も男の子だもんね。仕方ないよ。今回は助けてくれたから特別に許してあげる。あっ、降ろそうとしない。男ならちゃんと自分の言葉に責任持ってよ」

「うっせえ！　お前が変なこと言うからだろ！」

だから、莉里の誤解は解けずじまい。

おんぶしているせいで顔は見えないのに、声色だけでニヤニヤと意地の悪い笑みを浮かべているのが分かってしまう。

耐えきれなくなった彩人は、莉里を下ろそうとしたがガッシリとしがみついてきて叶《かな》わない。

「おーりーろ！」

「おーりーなーいー！」

「やーめーろ――!!」

「いーやーだ――!!」

子供のように二人は降りる、降りないの押し問答を繰り広げそれは校舎に着くまでの間続くのだった。

第5章

告白編

Ore no osananajimi ha Main heroine rashii

入学してから二週間が経過したある日のこと。

いつものように、莉里《りり》が下駄箱《げたばこ》のロッカーを開けるとそこには白い便箋が入れられていた。

（ついに、来ちゃったか）

上向きだった気持ちは急転直下。

それを見た瞬間、一気に陰鬱な気分となった。

とはいえ、莉里の考えているものとは違う可能性があるかもしれない。

そんな一縷《いちる》の望みにかけ、便箋を取り出し中身を確認する。

『大切な話があるので放課後屋上に来てください。真壁健斗《まかべけんと》より』

字面だけ見れば、時代錯誤の果し状という捉え方が出来なくはない。

だが、普通に考えるならまず間違いなく告白しかないわけで。

（はぁ、嫌だなぁ）

少し先の未来で確実に起きるであろう出来事が瞼《まぶた》の裏に浮かび、莉里は思わず息を吐く。

「莉里、まだ靴履き替えてねぇのか？　チンタラしてたら遅刻するぞ——って、お前何持ってるんだ⁉」

教室へ向かおうとしたところ、隣に幼馴染の姿が無いことに気が付いた彩人《さいと》は下駄箱から動かない莉里のことを呼んだ。

が、その途中に莉里が持っているものに視線はロックオン。

面白いものを見つけたと瞳を輝かせ近づいていきた。

「なぁなぁ、なんて書いてあったんだ⁉」

「大事な話があるから放課後屋上に来いだって」

「おぉ、このSNSが普及した時代に古風なことをするな。最近はそういうのもっぱらlemeですませるから逆に珍しい。俺初めて見た」

「まぁ、多分だけど手に入れる術《すべ》がないんでしょ。本当最低限の子にしかlemeの連絡先渡してないし、グループとか入ってないから」

興味深そうに手紙を覗き込む彩人に、莉里がラブレターを送ってきた推察を語ると彼は「なるほど、そういうことか」と納得した。

「で、返答はどうするつもりだ？」

見てしまったからには気になるのだろう。

彩人は莉里にどうするのか尋ねてきた。

「断るよ。だって、私この人と話した記憶すらないもん」

莉里の答えはＮＯ。

人となりを全く知らない相手と付き合うのは怖過ぎる。

どんなイケメンだろうと無理だ。

「なんだそりゃあ？　告白してくるくらいだからどっか接点あると思ってた」

「ないよ。真壁なんて人私は知らない」

「どういう考えで告白なんてしようと思ったんだ？　……あっ、もしかしてお友達からって奴か」

「下心満載の友達はちょっと遠慮したいなぁ」

彩人も莉里と同じ感性の持ち主らしく、今回の出来事には困惑気味。

相手の思惑を何とか読み取っていたが、出てきたものは莉里からすれば遠慮願いたいものだった。

雑談している時も、遊んでいる時も、常に狙われていると警戒しながら接するのは嫌だ。

せめて、友人といる時くらいは気楽に過ごしたい。

「まぁ、そういうわけだから今日は別々に帰るということで」

「了解。適当に誰か捕まえて帰るわ。海《かい》とか暇そうだしいけるだろ。頑張ってこい」

「うん」

日常とはかけ離れた特別なイベントが起きたというのに、二人の間に流れる空気は穏やかそのもの。

それが、莉里にとって今は大変有り難い。

荒《すさ》んだ心が落ち着いていくのを感じる。

莉里が微笑を溢《こぼ》すと、彩人もつられたように笑った。

◇

時間は足早に流れていき、気が付いた時には放課後を迎えていた。

「じゃ、またな莉里」

「またね、彩人」

「……おーい！　海。昼休み話した通りゲーセン遊びに行くぞ」

「おけ」

莉里よりも先に帰る準備を終わらせた彩人は、最低限の挨拶を済ませると鞄《かばん》を持って友人の元へ駆け出して行く。

その姿はいつもよりもウキウキとしており、男友達との放課後遊びを楽しみにしていたことが容易に窺《うかが》えた。

ほんの少し、それにつまらない気持ちになった莉里は今度自分も彩人と何処《どこ》か遊びに行こうか考えながら鞄に教科書を詰めていった。

「あれ？　珍しいねりりっちがいとっちと帰らないなんて」

入学してからずっと毎日登下校を共にしていた彩人と莉里が初めて別々に帰る。

そんなレアな光景を目撃し、興味をそそられた朱李《しゅり》がどういう風の吹き回しだと問いかけてきた。

「今日はこの後ちょっと用事があるから、別々に帰ることにしたんだ」

「へぇ〜。じゃあ、せっかくだし用事が終わったら一緒に帰ろうよ。りりっち」

「あぁ〜、用事がいつ終わるか分かんないから、物凄《ものすご》く待たせるかもしれないし今日はごめんね。代わりに明日は何もないから一緒に帰ろうよ」

友人からの提案は魅力的で莉里は頷きたくなったが、ぐっとそれを堪えた。

それもそのはず、今朝もらった手紙には放課後としか書かれておらず正確な時間指定をされていなかったのだ。

すぐに来るのか、一時間後に来るのか分からないこの状況に彼女まで付き合わせるのは忍びない。

明日は何もないから今日のところは勘弁してほしいと、莉里は手を合わせ軽く頭を下げた。

「マジ！　おけおけ。そういうことなら今日のところは素直に引き下がってあげる。でも、明日は覚悟しておいてよ～？　ちょっとりりっちとしたかったことがあるんだ～」

「したいこと？　まぁ、分からないけど私そろそろ行かないとだから。バイバイ、朱李ちゃん」

「バイバイ～」

明日の放課後一体何をされるのだろう？　と一抹の不安を覚えながらも莉里は朱李に見送られて教室を後にした。

帰宅する生徒達の波に逆らって階段を登り、屋上に辿《たど》り着いた。

周囲を見渡したところ、授業が終わったばかりだからか人っ子一人いない。

鞄を置き、差出人が来るまでの時間は屋上花壇に咲いている花々を見て時間を潰すことにした。

（懐かしいなぁ、この感じ）

風になびく色とりどりの花々を眺めていると、一度目の人生にてここでこうやって時間を潰していたことを思い出す。

大抵は相手が緊張しているからか、来るのが遅くなって莉里が先に居ることが殆《ほとん》どだった。

最初の方は、呼び出しておいて相手を待たせるのはどういうことかと腹立たしい思いをしていたのを覚えている。

だが、時は少し経《た》ち恋を知ってからは相手の気持ちが少しだけ分かるようになり、途中からはあまりそういう風に思うことはなくなった。

そういうわけで、待つことに関して莉里は不満はない。

目を瞑《つぶ》り、花壇に咲いている花達と同じように春の柔らかな風に身を任せること、数分。

ガチャリ。

ドアノブをひねる音が聞こえた。

目を開け、音のした方向を向くとそこにはキョロキョロと緊張した様子で辺りを見渡す男子生徒が一人。

おそらく、彼が自分を呼び出した真壁という生徒だろう。

莉里は鞄を持って彼に近づいた。

「君が私を呼び出した真壁君？」

「は、はい！　莉里さんお待たせして申し訳ありません」

差出人かどうか確認すると、合っていたらしく真壁は慌てて待たせていたことを謝罪する。

素直に謝れるのはプラスポイント、過去告白してきた相手の中には待たせたことに対してなんとも思わない者もいたから。彼らに比べればマシな部類だろう。

しかし、彼は大きな地雷を踏んだ。

「下の名前で呼ぶの止めてくれるかな。初対面の人に下の名前で呼ばれるの嫌いだから」

「あっ、ご、ごめんなさい。以降気を付けます」

それは莉里のことを下の名前で呼んだことだ。

莉里にとっては下の名前で呼ばれるというのは特別なもので、それを許しているということは相手のことを信頼している証《あかし》である。

それを親しくもない相手にされると虫唾《むしず》が走る。

先程獲得した僅かなプラスは一気に吹き飛び、評価はゼロを下回りマイナスへ。最低評価へと落ちた。

不機嫌そうに目を細め、冷めた声で名前を呼び直すよう注意すると真壁は失敗したと青い顔をして、ペコペコと頭を下げる。

「直してくれるなら別に良いよ。で、私を呼び出した用件って何かな？」

「あっ、えっと、その」

まぁ、だからといってそのマイナスが消えるはずもなく。

依然として莉里は温度の感じない眼差《まなざ》しを向け、本題を話すよう促す。

自分が想定していた状況とはかけ離れた最悪の状況に口籠る真壁。

こんな状況で告白なんて出来るはずが無い。すれば、失敗するのが目に見えている。

しかし、莉里からすれば自業自得。平然と地雷を踏み抜いてきたのが悪いのだ。

ギスギスとした空間をどうにかすることもなく相手が口を開くのを待つ。

それから、どれほど経っただろう。

莉里の体感では二分くらいが経過したところで、真壁が意を決したように口を開いた。

「あ、あの！　一目見た時から街鐘《まちがね》さんのことが好きでした！　僕と付き合ってください！」

「ごめんなさい。貴方《あなた》とは付き合えません」

ヤケクソ気味の告白を莉里は間髪入れずに両断。

少しの間もなく断られた真壁は顔を歪《ゆが》め涙ぐんだ。

「なんでですか？」

だが、一度覚悟を決めたのだ。この程度では引き下がらない。

真壁は断られた理由を聞いてきた。

「私が君のことを知らないから。好きじゃないから。だから付き合えない」

莉里は簡潔に分かりやすく心の内を説明した。

「なら、知ってください。僕とお友達になってくれれば」

「それもお断りします。私男の人苦手なので」

「そんなこと言われても、水無月《みなづき》君とは仲良さそうに喋《しゃべ》ってるじゃないか⁉」

「彼は長い付き合いの幼馴染《おさななじみ》で、家族のようなものだから例外。君とは訳が違う」

「そんな⁉」

彩人と莉里が親しそうにしているからだろう。

頼み込めば友達くらいにはなれると思っていた真壁は莉里の話を聞いて絶句した。

少し観察すれば莉里が男を避けていることくらい分かるだろうに。

どうやら、恋をしているからか彼は自分の都合の良いようにしか莉里のことが見えていなかったらしい。

「クソッ！」

誰に向けてかは分からない罵倒の言葉を最後に、真壁は屋上から勢いよく逃げ出した。

ドアが閉まり、一人になったところで莉里は大きな溜息《ためいき》を吐《つ》く。

(勝手に呼び出して、告白してきてあんな顔をしないでよ)

思い出すのは先程振られた時に見せた真壁の傷ついた顔。

相手のこともよく知らぬまま、自分勝手に告白してきた癖にまるで被害者のような顔をしていた。

被害者は莉里の方なのにあんな顔をしないでほしい。したいのはこっちの方だ。

あんな顔をされてしまえば、自分が悪者になったように錯覚してしまう。

(容姿だけで好きになった癖に。私のことをちゃんと知りもしない癖に……)

相手に非があると分かっている。

でも、彼を振って傷つけたというのは事実だ。

心優しい莉里は、それを見て見ぬふりが出来ない。

相手が本気で自分にぶつかって来ていることが分かるから。

自分が悪くないと分かっていても、自分にも非があったのではないかと心の何処かでは考えてしまう。

――自分があの時ぶつからなければ。

――自分がもう少し分かりやすく男子に冷たくすれば。

今日のような出来事は起こらなかったのではないかと。

無意味なのにもかかわらず、どうしても考えてしまうのだ。

「……はぁ、帰ろ」

これ以上この場にいると自己嫌悪のループに陥りそうだと思った莉里は、真壁が出て行ったのとは反対側のドアから屋上を出る。

ガヤガヤと騒がしい喧騒《けんそう》を避け、歩き続けること暫《しばら》く。ようやっと駅に辿り着いた。

幸いなことに先程電車が出たからか、ホームには人の姿は殆どない。

とりあえず、莉里は端の方にあるベンチに腰を下ろした。

時間を潰すため読みかけの小説を開いてみたが、頭の中に先程の一件がチラついて一ページも進めない。

(読書は駄目だ)

一人静かな空間にいるのが良くないことに気が付いた莉里は、パタンっと本を閉じ顔を上げると目の前にここには居ないはずの少年が立っていた。

「えっ?」

「よう、しけた顔した美人なお姉ちゃん。俺と一緒に遊ばない? 退屈はさせねぇぜ」

驚愕《きょうがく》に目を見開く莉里。

そんな莉里を置いて、彩人はおちゃらけた調子でナンパ師のような口調で遊びに誘ってきた。

「何でここに彩人が? ゲームセンターに行ったはずじゃ……」

「そのつもりだったんだけどな~。海と自販機でジュース買って駄弁《だべ》ってたら、たまたま長い間放置されてたお汁粉を自分のと間違えて海が飲んじまってぶっ倒れてさ。今日のゲーセンなしになった。さっきまで海を保健室に運んだり何やらして大変だったわ」

理由を尋ねると、彩人はケラケラと楽しそうにここにいる理由を語ってくれた。

友人が倒れて、遊ぶ約束が無くなって彩人の方も中々大変だったらしい。

「それは残念だったね」

「まあ、生きてりゃこういう日もあるだろ。気にしてねぇよ。運の良いことに新しい遊び相手も見つかったわけだしな。莉里どうせ暇だろ？　久々にゲーセン行ってパァッと遊ぼうや。そうすりゃ嫌なことも忘れるぜ」

昼休みの時間。楽しそうにゲームセンターで何をするかで盛り上がっているのを知っている莉里は彩人のことを労わる。

が、彩人は特に気にした様子もなくむしろ満面の笑みを浮かべ遊びに誘って来た。

落ち込んでいる莉里を元気付ける意味も含んでいるのだろうが、長年の付き合いがある莉里には分かる。

これは単純に彼が遊びたいから誘って来ているのだと。

良いように使われるのは癪《しゃく》だが、実際のところ今の莉里には大変有り難かった。

「仕方ないなぁ。どうしてもっていうなら付き合ってあげる」

「どうしてもだから付き合ってくれ」

「はーい、分かったよ」

けれど、それを素直に口にするのは憚《はばか》られてついつい憎まれ口を返す。

遊びたい欲が高まっているからか、彩人の方はその程度のことは歯牙にもかけず遊ぼうと言って来て、莉里はやれやれと肩をすくめるのだった。

その後、二人はゲームセンターへ遊びに行きコインゲームやリズムゲーム、プリクラなどを陽《ひ》が沈むまで満喫し、帰る頃には莉里の頭の中からすっぽりと嫌な記憶は抜け落ちていた。

第6章 体験入部

Ore no osananajimi ha Main heroine rashii

莉里《りり》と二人でコインを荒稼ぎした日の夜。

彩人《さいと》が入浴前の筋トレをこなしていると、スマホがピロンっと音を鳴らした。

ダラダラと頬を伝う汗をタオルで拭い、スマホを手に取り確認する。

『明日付き合ってよ』

メッセージの送り主は腐ったお汁粉を飲んで死んだはず（嘘《うそ》）の友人から。

莉里が今日告白されたこともあって、もしや自分も告白されている？　と、一瞬馬鹿な考えが過《よぎ》ったが、相手は同性。しかも、女の好みは自分よりも小さくて綺麗《きれい》な子と言っていた。

それに全く該当しない容姿をしている彩人は間違いなく彼の範囲外。絶対にあり得ないだろう。

ブンブンと首を振って余計なことを思考の外に吹き飛ばし、とりあえずメッセージを返した。

『藪《やぶ》から棒《ぼう》にどうした？』

『体験入部しに行こうと思って』

『今からか？　ちょっと時期遅くね』

当然の如く、付き合って欲しいという言葉の意味は体験入部に行きたいから付き添って欲しいというもので変な意味はなかった。

ただ、体験入部期間が始まって一週間が経《た》ってから行こうと誘って来たのが不可解で、自分が送ったメッセージと同様に疑問符を浮かべた。

『どうして行く気になったんだ？』

『学校ぶらぶらしてたらたまたま見つけて、何となく行きたくなったから』

「なるほどねぇ〜。なんて言うか海《かい》っぽいな」

疑問をぶつけてみれば、返って来たのは自分の知っている友人のイメージ通りのもの。

彩人自身も海と同様に気分屋なところがあるので、急にこんなメッセージを送って来たのにも納得がついた。

『明日特に用事はないしいいぞ』

『よし（猫のスタンプ）』

『どうせなら春樹《はるき》も連れて行くか？』

『誘ったけど生徒会に入るからって断られた』

『うわぁ最低だな、アイツ』

『裏切り者には報復を』

『で、何部に行く予定なんだ？』

『写真部』

高校に入ったらバイトをしようと思っていたため、部活に入る気はなかった彩人だが、体験入部に行くくらいのことはしてもいいと思っていたので了承。

その後に、何の部活に行くのか聞いていなかったので質問すると、写真部と返ってきた。

『あぁ〜、なんかお前芸術家っぽい感じあるもんな』

『そう言われると生花アーチェリー部にしたくなってきた』

『免許取って原付カードファイト部行こうぜ』

初めて出会った入学式の日に桜を撮っていたところを見ているため、妥当なものが来たと彩人は思った。

自分的には合っていると褒めたのだが、海としてはお気に召さなかったらしく、捻《ひね》くれた発言をし始めたので彩人もその流れに乗っかる。

意外と現実にありそうでないふざけた部活を言い合うのは楽しくて、彩人と海が眠くなるまで続いた。

「ふわぁ〜……そうだ。莉里に明日一緒に帰れないって言っとかねぇと」

スマホを置いて、布団に潜り込もうとしたところで彩人はこのことに思い至りメッセージを飛ばす。

同じタイミングでスマホを見ていたからなのか送ってすぐに、既読が付き『丁度よかった』という返信が来た。

半分寝ている頭でどう言うことだと必死に考えていると、莉里から続きのメッセージが来る。

『私も今さっき朱李《しゅり》ちゃんからテニス部に体験入部行こうよって誘われてたから』

向こうの方も同じ頃に友人の朱李から誘いが来ていたようだ。

幼馴染二人が同時に別々の友達から誘いが来るとかどういう確率だと驚愕。

気が付けば自分でも驚くくらい早さで『マジか』の三文字を打ち込んでいた。

『マジだよ。だから、ちょっと彩人からメッセージ来た時は驚いた』

『幼馴染だからって出来る友達まで似てるのヤバいな』

『うん。ヤバい。まぁ、そういうことだから明日は各々部活に行くということで。一緒に帰るのはなしかな』

『おけ、楽しんでこいよ』

『そっちもね』

『うぃ、じゃ俺眠いから寝るわ。おやふみ莉里』

驚いて少し眠気が吹き飛んだとはいえ、いつもならばもう寝ている時間。

メッセージのやり取りをしている間に睡魔がもう一度彩人のことを襲ってくる。

とりあえず、伝えたかったことは伝えられているし、問題がないことも分かった。もう寝ても大丈夫。

安堵感《あんどかん》から彩人の瞼《まぶた》は徐々に落ちていき、おやすみのメッセージを送ったところで完全に閉《シャットアウト》まる。

意識が暗闇の中に沈んでいく中、微《かす》かにスマホが音を鳴らしたのを捉えた。

『おやすみ彩人』

無機質な機械音のはずなのに、彩人には幼馴染《おさななじみ》の少女が優しく言葉を紡いでいるように聞こえて。口元をフッと僅かに弛《ゆる》ませ幸せそうな顔のまま彩人は深い眠りに落ちた。

◇

月が沈んで、太陽が顔を出してかなりの時間が過ぎた頃。

彩人と海は今まで行ったことのない校舎に足を踏み入れていた。

「ここの校舎で合っているよな」

「合ってる。あそこの突き当たりが部室だったはず」

一週間前に行われた部活紹介の記憶を頼りに歩いていると、海が部室を見つけた。

場所は、校舎の一番端。陽の光が全く当たらない位置で部室の前に近づくにつれて酢のような匂いが強まっている。

「ここって本当に写真部か？　酢の匂いがするんだけど」

「大丈夫合ってる。こんちゃー」

本当に合っているのかと不安になる彩人。

だが、海はこの匂いの発生源が何なのか知っているようで、何の躊躇《ためら》いもなく部室のドアを開けた。

おそるおそる海の後に続いて、教室に入ると部屋の至る所に写真が貼られている、いかにも写真部らしい部屋だった。

コンクール優勝の楯《たて》や賞状が幾つか飾られており、そこそこの成果を出しているようだ。

部屋を見渡してみたが、部員の影はない。

おそらく、放課後になったばかりで誰も来ていないのだろう。

そう彩人が当たりを付けると、部室の奥にあった扉が開き、強烈な匂いが彩人を襲った。

咄嗟《とっさ》に顔の下半分を覆い隠し、視線をそちらに向ければ制服を着崩したチャラそうな女子生徒が立っていた。

「あれ、もしかして新入生？　こんな時期に珍しいね。体験入部に来たの？」

「That's right」

「うぃっす」

「本当⁉　今年は来ないと諦めてたんだけど二人も来てくれるなんてラッキーだなぁ～。あ、お茶あるけど飲む？」

「お構いなく」

「えぇ～、遠慮しなくていいのに～」

「いや、そういうわけじゃなくて。酢の匂いがヤバくて、落ち着いてお茶なんて飲めそうにないっす」

「あはは、そういうこと。ごめんね～、うちらは現像液の匂いに慣れてるけど、慣れてない人にはキツイよね。すぐに扉閉めるよ」

二人が体験入部に来たと分かると、嬉《うれ》しそうに声を弾ませ歓迎する銀色メッシュの少女。

二人を接待しようとしてくれたが、彩人としては匂いが強烈でそれどころではない。

扉を閉めるよう頼むと、少女は申し訳なさそうに扉を閉める。

それによって匂いがある程度収まり彩人はホッと息を吐いた。

「これで大丈夫そうだね。ようこそ、写真部へ。私は部長をしている現世紗夜乃《うつせさやの》。よろしくね」

「一年の明石《あかし》海です」

「同じく一年の水無月《みなづき》彩人っす」

落ち着いたところで、お互いに自己紹介をする。

先程見た賞状や楯の中に幾つか名前があったので、紗夜乃はおそらく凄い人だ。

見た目的には、街中で友人達とキャピキャピしていたりカラオケで馬鹿騒ぎしていそうなのだが。人は見た目によらないらしい。

「明石君に水無月君ね、二人の名前はちゃんと覚えたよ。えっと、ちょっと待っててね。体験入部のために準備はしてたんだけど、あまりに人が来なくて昨日片しちゃったんだよ。すぐに用意するから帰らないでよね」

「ういっす。写真でも見て時間潰してます」

「見てまーす」

「ありがとう。超特急で持って来るから」

パビューンと文化系らしからぬ効果音と共に、紗夜乃は部室から飛び出して行った。

「良い人そうだな。現世部長」

「……」

彼女は見た目こそ少し威圧感があるが、話してみると存外親しみやすい人物のようだ。

彩人が紗夜乃のことを褒め話題を振ったのだが、海からの反応がない。

どうしたのかと視線を向ければ、額縁に入っている幾つかの写真をジーッと眺めていた。

「……まぁまぁ。僕ほどじゃないけど上手いね」

「趣味でしかやって来なかった奴《やつ》が上から目線だな、おい。お前そんな上手いの？」

暫《しばら》くして、海が溢《こぼ》した感想は上から目線なものだった。

海の撮った写真を見たことがない彩人は、ただの負け惜しみなのではないかとジト目を向ける。

「当然。僕は天才だからね」

「じゃあ、証拠に写真見せろよ」

「いいよ。はい、これ」

「うわっ、本当にうめぇじゃん」

「でしょ」

懐疑心から写真を見せるよう言うと、海はすんなりスマホを差し出し写真を見せてきた。

芸術方面に関しては疎い彩人だが、それでも上手いと分かるくらい海の写真は素晴らしいものだった。

少なくともここに飾られている写真達と比べても遜色のないレベル。

完全に負け惜しみを言っていると思った彩人は度肝を抜かれ、海は勝ち誇ったかのように胸を張った。

「ハァハァ、お待たせ。準備出来たよぉ〜。とりあえず、せつめごっほごっほ！」

「一旦休憩してからの方がいいっすよ。そんな全力ダッシュの後に無理しなくていいんで」

「はい、深呼吸して〜」

「ひっ、ひっ、ふー」

「それラマーズ法っす。痛みを和らげるんじゃなくて、呼吸を整えて欲しいっす」

海の自慢が終わったところで、息を切らせた紗夜乃が部室に戻ってきた。

そのままの勢いで説明に移ろうとしたが、咽《む》せてしまい強制中断。

恥ずかしさからおかしな行動を取る紗夜乃を二人がかりで宥《なだ》め、彼女が冷静さを取り戻すのには五分もの時間を要した。

「コホンッ。では、改めまして今日の体験入部でする活動について説明していこうと思います」

先程の失態を誤魔化《ごまか》すように紗夜乃は咳払《せきばら》いを一つすると、活動についての説明を開始した。

「いぇーい」

「よっ、待ってました！」

「ノリがいいね君達。ありがとう。まぁ、そんな盛り上がっている二人には悪いんだけど、することは単純。このデジカメを使って写真を撮るだけ。好きなだけ撮りまくっちゃって」

「太っ腹！」

「三段腹。ふぐっ！」

「女性にそう言うことを言うのは失礼だよ。明石君」

「す、すいませんでした。いだだだ！」

内容としては写真部らしい普通の内容。

だが、写真を撮るのを楽しみにしていた海はそれだけでテンションが上がり変な言葉を口に出し、紗夜乃からアイアンクローを喰《く》らった。

（馬鹿だよな、コイツ。女性に対してそれは流石《さすが》にないわぁ〜）

彩人も莉里に対して、似たようなことをして何度も痛い目にあっているのだが、この時だけは都合よく消去。

デリカシーのない奴だと、助けることもなく冷ややかな目でその一部始終を眺めるのだった。

◇

デジタルカメラを渡され、ある程度校舎の中を撮って回ったところで彩人達は外に出た。

空は雲がポツポツとあるだけで、太陽の姿は隠れることなく輝いていて良い天気。

何となく良いのが取れそうだと思った彩人はカメラを上に向け、シャッターを切る。

「うーん、微妙」

画面を覗《のぞ》き込み、取れた写真を確認すれば可もなく不可もない写真が撮れていた。

かれこれ何十枚も撮っているが、全部が全部似たような感じのものばかりでちょっと飽きてきた。

紗夜乃や海が撮っていた写真のように、臨場感や躍動感を出せたら良いのだが、芸術性の乏しい彩人では出来そうもない。

（どうしたもんかね）

とはいえ、せっかく体験入部に来たのだから一枚くらい満足のいくものを撮って帰りたい気持ちもある。

どうにかして撮れないものかと悩んでいると、ボケッーと何処《どこ》かを見つめている海を見つけた。

（アイツ見てたらなんか分かるかも）

上手い人がどういう風に写真を撮っているのか見れば、何か上手《うま》くなるヒントが見つかるかもしれない。

そう思った彩人は、暫く友人の行動を観察することにした。

パシャ。

そう思った瞬間、海が何の前触れもなくシャッターを切る。

慌てて視線を向けるが、そこには特出して撮るようなものはなく彩人は首を傾《かし》げた。

(もう一回見たら分かるかも)

先程は油断したが今度は絶対に見てやる、そう意気込んだ彩人は一挙手一投足を見逃さぬよう目を凝らし注視する。

パシャ、パシャ。

しかし、いくら見たところで何も分からない。

ただ目的もなくフラフラと歩き、急に何かに突き動かされるように写真を撮るの繰り返し。

そのどれもが彩人からしたら別に撮ろうとすら思わない景色ばかりで、本当に良い写真が撮れているのか不安になる。

ついに、耐えきれなくなった彩人は海に尋ねた。「お前どんな風にして写真を撮るのを決めているんだ?」と。

すると、海はこう答えた。

「キラッて、光った時」

と。

「光った時? 全然光って無かったぞ」

「光ってるよ。キラキラ～って。それが一番輝いているのを撮るのが好き」

「ふむ。参考にならんことだけは分かった」

詳細な説明を求めたのだが、光っている以外のことは分からなかった。

流石は天才を自称するだけはある。常人とは違った世界が海には見えているようだ。

天才に聞くのが間違いだった。

気を取り直して、写真部の部長である紗夜乃に聞いてみることにする。

三年間も写真部に在籍しているのだ。人に教えるのは上手いはず。

そう思っていたのだが――

「良い写真を撮るコツ？　良い感じだなぁって思ったら押すだけだよ」

「あっ、そっすか」

（アンタも感覚派かーい！）

――見事に撃沈。

色の組み合わせだとか、角度がどうだとか教えてくれると思ったのだが、マトモなアドバイスは貰《もら》えず彩人は顔をひくつかせる。

類は友を呼ぶというが写真部は感覚派の人間が集まる巣窟だったようだ。

「まぁまぁ、そんな顔しないでよ。写真なんて良いなぁ～とか、綺麗だな～とか、そういう気持ちをいつまでも忘れないためにするための記録手段なんだから。深く考えないでやるのが一番だよ」

「ういっす」

（深く考えずにやってダメだから聞いてるんだろうが⁉）

バシバシと肩を叩きながら励ましてくる紗夜乃に、彩人は心の中で頭を抱えた。

「むぅ、全然納得がいってない感じだね。じゃあ、彩人君のために特別なアドバイスをあげちゃう。物凄《ものすご》く綺麗だなぁって思うものを探してみるといいよ」

「綺麗《きれい》なものっすか？」

「物凄くを外しちゃ駄目だよ。そこが重要なんだから」

「はぁ～」

「水無月君は見た感じ人よりも視野が広くて、常に色んなものへ意識を向けてる。だから、一つのものに集中しているように見えて実は他のものにも意識を割いちゃってるんだよね。例えばだけど、空が綺麗って思ってるんだけど、花壇にある花も同時に水無月君は綺麗だって思ってる。意識が散漫になってるから満足のいくものが撮れていないの。だから、周りのものが何一つ気にならないくらい、圧倒的に魅力を持つものを見つければきっと満足のいく写真が撮れるはずだよ」

「分かりました。やってみるっす」

分かりやすく貴方《あなた》には失望したという顔を彩人がしていたからだろう。

先輩として後輩にそんな目で見られるわけにはいかないと、プライドが刺激された紗夜乃はもう一つアドバイスをした。

カメラの本質とか世間一般的なものではなく、彩人個人に向けたもの。

最初は言葉足らずなせいで意味が理解出来なかったが、話を聞いていくうちに彼女が何を伝えたかったのか理解した。

どうやら彩人は一つのものを集中して見るのが苦手らしい。

言われてみれば、確かに心当たりがないでもなかった。

海の行動を観察すると決めた時、一番最初の行動《アクション》に対して反応が遅れたのは無意識に他のものへ意識を割いていたと思えば納得が付く。

それに今まで撮った写真を見返してみると、写真の中にメインとなる存在が何個も混在している。

(圧倒的な魅力を持つものか。この学校にそんなもんあるっけ?)

自分が夢中になれるようなものがあれば上手く撮れる。

紗夜乃はそう言っていたけれど、これは思っていた以上に難題だ。

何故《なぜ》ならこの高校にあるものは殆《ほとん》ど撮り尽くしてしまったからだ。

この高校に彩人を夢中にさせてくれるような何かが残っているのか怪しいところである。

「おーい、いとっち〜!」

何かないかとあてもなくぶらぶらと歩いていると、自分を呼ぶ声が遠くから聞こえた。

チラリと視線をそちらに向ければ、莉里とその友人である朱李が居た。

何事かと、彩人は走って二人の元に向かう。

「よう、どうした？」

「うちとりりっちが今から試合するんだ。で、たまたまカメラを持ったいとっちを見つけたからカッコいい姿を撮ってもらおうと思いまして」

「さよですか。別に暇してたからいいぞ。ただ俺あんま上手くないから期待すんなよ」

「あれ？　そうだっけ。そんなに彩人下手くそなイメージ私ないけど」

莉里と朱李は写真部で何をするのか知っていたらしく、せっかく近くに居るのなら写真を撮ってもらおうと彩人のことを呼んだようだ。

けれど、写真を撮るのなら正直彩人よりも海の方が適任だと思う。

指名されたからには一応やるだけやるが、下手でも文句を言うなと予防線を張った。

そんな自信の無さそうな態度を見せる幼馴染《おさななじみ》に違和感を覚えた莉里は首を傾げた。

「世界は俺達が思っている以上に広いらしいぞ、莉里」

「あれ、それ私も写真撮るの下手だって馬鹿にしてる？」

「抑えてりりっち。暴力は駄目だよ」

莉里が見たことのある彩人の写真はどれも複数メインのいる集合写真だけ。

だから、彩人が個人に対する写真を撮るのが下手なことを彼女はまだ知らない。

そのことを教えていたつもりなのだが、言い方が悪かったらしくご立腹。

黒いオーラを発しながら、ぽんぽんとラケットを手のひらに当てて音を鳴らした。

朱李が止めに入らなければ間違いなく一発殴られていただろう。

心の底からこの場に居てくれたことに感謝した。

それから、何とか莉里の誤解を解くことに成功。

「別に彩人が下手でも大丈夫だよ。だって、私と朱李ちゃん可愛いから」

「うんうん、そうだよ。だから、気にせずやっちゃいな、いとっち」

「……俺の周りにいる奴《やつ》って本当自己評価高いよな」

自分達ならばどんな風に撮られても可愛《かわい》くなると、自信満々な二人組に彩人は乾いた笑みを溢《こぼ》し撮影と試合がスタート。

「よっ」

「ほっ」

「てやっ」

「そい」

サーブやラリーをする二人を写真に収めていく。

彼女らのいう通り素材が良いからか、変な写真は撮れていない。

けれど、意識が散っているからか微妙に中心から外れていたり、ピントがラケットやボールに合っているものばかりでお世辞にも上手いとは言い難い。

（難しいわ、写真って。やっぱ、俺には海みたいな写真は撮れねぇか）

自分は写真を撮るのに向いていない、そう諦めかけた時、不意にそれは訪れた。

「もぉぉ――！　ギリギリ負けた〜悔しい〜〜！」

「やったぁ！　私の勝ち。ねぇ、見てた⁉　彩人」

お互いが全くテニスをやったことのない初心者二人によるツーゲームマッチ勝負を制したのは莉里。

負けた朱李は悔しそうに地団駄を踏み、勝った莉里は彩人の元へ嬉《うれ》しそうに駆け寄ってくる。

「あぁ、見てたぞ。お前テニス上手かったんだな」

「彩人のおかげだよ」

「えっ、俺なんもしてねぇけど」

「昔テニスの打ち方教えてくれたでしょ。それ覚えてたから上手いこと出来たの」

「えっ、マジ。あれが役にたったのか？」

言われてみれば、小学生の頃テニス教室へ体験に行き習ったことを自慢気に莉里へ教えたことがあった。

教えると言ってもその大半は自慢で碌《ろく》なことを言っておらず、莉里は鬱陶しそうにしていたのを覚えている。

　まさか、あの日のことを莉里が覚えていて役に立ったと言われる日が来るとは夢にも思わなかった。

「うん。だから、ありがとう彩人！」

『ありがと！』

（あっ、海の言っていたキラキラってのこれか）

　初めて出会った日のように、混じり気一つない純粋な笑みをこちらに向けお礼を言う莉里。

　その姿は不思議とキラキラ輝いているように見えて、友人の見えている世界はこんな感じなのかと思いながら彩人はカメラを構えシャッターボタンを押し込む。

　少しして画面に一枚の写真が表示され、それを見た彩人は満足そうに口元を緩める。

「お前って物凄く綺麗だよな」

「なっ⁉　なっ、な、何をいきなり」

　莉里の顔を真っ直《す》ぐに見て、思っていることを伝えると彼女の顔が茹《ゆ》でだこのように紅《あか》く染まった。

「写真撮ってたらそう思ってさ。えっ、何？　照れてんのお前。普段美人とか言われてるのに？」

今更褒めたところで軽く受け流されると思っていた彩人は、意外そうに目をパチクリさせる。

「別に照れてないもん。ちょっと運動して火照っているだけだもん」

「アダダ、叩《たた》くな叩くな。お前その辺の奴よりも強いんだから」

莉里は涙目になりながらポカポカといった可愛らしい感じではなく、ドスドスと強く叩くので彩人はあまりの痛みにその場から逃げ出す。

「誰がゴリラよ⁉ こら、待ちなさい彩人！」

「そんなこと言ってねぇよ、被害妄想だ。落ち着けって」

「いやぁ、青春だね～」

突如として始まった幼馴染二人組だけの鬼ごっこ。

朱李はそれを見て楽しそうにケラケラと笑っていた。

◇

「それじゃあ、本日の成果発表～！」

「「うわ――!!」」

下校時間三十分前。

予定通り撮った写真を紗夜乃に評価《ジャッジ》してもらうため、彩人達は撮影を五分前に終え部室に戻って来た。

そして、今日撮った写真の中で最も上手《うま》く撮れたと思う物を一枚ずつプリントアウト。

現在、彩人と海の手には一枚の写真をカードを持つかのように指で挟んで持っている。

「見せる順番は考えるの面倒くさいから五十音順で、明石君からどうぞ」

「圧倒的格の違いを見せてあげよう」

そう言って、最初に写真を出したのは海。

「うぉぉ、楽譜が空に舞い上がってるところ撮れたのかよすごっ！」

「しかも、写真の中央に太陽があって構図も良いね」

出した写真はプロが撮ったかと見紛《みまが》うほどの、完璧な写真で彩人と紗夜乃は感嘆の声を上げた。

「当然。で、彩人のはどんなの？」

二人に褒められた海は上機嫌になり鼻を伸ばす。

まるでピノキオのように鼻が伸びた姿が絶妙にムカついて、彩人は心の中で絶対に負けたくないと思った。

「俺の写真はこれだ」

気合いの籠った声と共に彩人が出したのは、先程撮った莉里の写真。

夕陽《ゆうひ》をバックにとびきりの笑顔を見せる美少女の写真は、正直に言って中々よく撮れていると自負している。

これならば友人の伸びた鼻を折るとまではいかないが、元に戻すことが出来る。

そう思って、友人に目を向けると彼の目は彩人の撮った写真を凝視していた。

「……綺麗」

「そうだろ」

「いやぁ、まさかアドバイス一つするだけでこんなのが撮れるとは驚きだ。もしや、これは愛の力ってやつかな？」

「俺と莉里は幼馴染でそんな関係じゃないっすよ」

「ええ、こんなに可愛《かわい》いんだからこの子のこと水無月君絶対好きでしょ」

「幼馴染としては好きっすけど」

「きゃー！　ほらほら合ってるじゃん。お姉さんにいろんなお話聞かせて？」

「話聞いてたか⁉　俺は幼馴染として好きって言っただけだぞ。なんでそうなる⁉　変な勘違いすんな、めんどくせぇ」

「必死になっちゃって可愛い」

「うぜぇ――！　コイツとは本当にただの幼馴染なんだよ」

友人の鼻を明かすことに成功した彩人は嬉しそうにはにかむ。

だが、それも束の間《つかま》横にいた紗夜乃から莉里との関係を勘違いされ、ニマニマと気持ちの悪い顔で詰め寄られる。

だから、この時誤解を解くのに必死になっていた彩人は気が付かなかった。

莉里の写真を見つめる友人の目に熱が籠っていたことを。

そして、この写真が原因であんなことが起きるなんて考えてもいなかった。

第7章　林間学校編

桜の花が完全に散り、木々の所々に青々とした葉が付き始めた四月の終わり。

聖羅《せいら》高校一年生達はバスに乗って、林間学校のため人里離れた場所にある研修施設に向かっていた。

「昨日のスタートしゃちょーの動画見た？」

「面白かったよねぇ」

「ウチの上げたちっくとっくでめっちゃバズってんですけど」

「えっ、マジ。激やばじゃん。なになに、『可愛い』、『ブラがチラッと見えてて最高』」

「うわぁぁ――！　ヤバいヤバイ削除削除削除――！」

「……うっぷ。ヤバい、吐きそう」

目的地に着くまでの間、ワイワイと盛り上がる生徒達。

そんな中一人だけ、顔を苦しそうに歪《ゆが》めている男子がいた。

彼の名前は水無月彩人《みなづきさいと》。

Ore no osananajimi ha Main heroine rashii

　高校生にもなりながら、外泊が楽しみで徹夜をしてしまった馬鹿である。

　そのせいで、普段はならないはずの乗り物酔いに陥り、現在は吐き気と気持ち悪さと格闘中。

「袋はいつでも用意出来てる。ばっち来い。いや、ばっちいの嫌だからやっぱ来ないで」

「それ準備した意味ないじゃん、明石《あかし》君」

「いとっち、飴舐《あめな》めるとちょっとマシになるらしいから食べる？　激辛ハバネロキャンディー、美味《おい》しいよ？」

「……遠慮しとく。それ食べたら別の意味で俺死にそう」

「でも、食べて死んだらこの苦しみから解放されるわよ」

「……ナイスアイデア神崎《かんざき》。八雲《やくも》やっぱくれ」

「オッケー」

「ちょっとした冗談なんだから真に受けないでよ。食べようとしないで！　私が悪かったから」

「あはは、ミナカちゃんの慌ててるところ初めて見たよ。あっ、アメだけじゃなくてチョコも効果あるらしいんだけど、彩人食べる？」

「……食べる」

あれやこれやと友人達が手厚く世話（？）をしてくれているおかげで、何とか耐えられている。

しかし、目的地に着くまでは後一時間以上もあると考えると気が滅入《めい》る。

――果たしてそれまで自分は無事でいられるのだろうか？

窓の外に映る大きな山を見つめながら、彩人は不安になった。

一時間半後。

「うっしゃあ～‼　ようやく着いたぞ――！」

結果を言えば全然問題なかった。

何故《なぜ》なら彩人は三十分が過ぎた辺りから、眠っていたからだ。

莉里《りり》のくれたチョコを食べたことで、幾分か気持ち悪さがマシになり、気持ち悪さよりも徹夜をしたことによる睡眠欲の方が上回ったのである。

気が付けばあっという間に夢の中で残りの時間は大変快適だった。

が、それまでの間きつかったことには変わりはなく、バスから降りるやいなや歓声を上げた。

（揺れない地面最高！）

大地を踏み締めていることの素晴らしさを嚙《か》み締める彩人。

「ちょっと後ろにまだいるんだからドア前で固まらないでよ、彩人」

「すんません」

だが、通行の邪魔になっていると莉里に注意されてしまい余韻に浸ることは叶《かな》わなかった。

「ありがとうございます」

「あっち集合っぽい」

「おけ、あっ春樹《はるき》。お前ズボンのチャック開いてるぞ」

「うわっ、本当だ。いつからだろ？　誰かに見られてないよね」

「パーキングに停《と》まった時、クラスの女子が見てたよ」

「嘘《うそ》ッ、何で教えてくれなかったの海君《かいくん》」

「いつ気づくのか観察しようと思って」

運転手の人に礼を言い預けていた荷物を受け取り、友人達と生徒達が集まっている宿舎へ向かう。

「三組の皆さんこっちで〜す！　班の順番は適当でいいので、班長の人は班員の点呼をして先生に報告してください」

「はいはい、点呼ね」

宿舎前に着くと、担任の葉山智慧《はやまちえ》が班長達に点呼を行うよう指示を飛ばしてきた。

厳正なるじゃんけんの結果班長に選ばれた彩人は、後ろを振り返り班員達がいるか確認。

メンバーは彩人を含め六人。

彩人、海、春樹、莉里、朱李《しゆり》、ミナカだ。

幼馴染《おさななじみ》二人が仲良くしているグループ同士で組んだ形となっている。

バス内での席は近かったので全員いることは既に把握しているが、念のため数を数え直し再確認。

「し〜、ご〜、ろく。よし、全員いるな。智慧ちゃん先生五班全員いまーす」

問題なく全員がいることが分かった彩人は智慧に大きな声で報告した。

「分かりました。ありがとうございます水無月君。ですが、先生のことをちゃん付けで呼ばないでください」

「うぃーっす」

その際に、担任のことをちゃん付けで呼んだから注意を受けたが、いつものことなので彩人は軽く受け流す。

「智慧ちゃんせんせー、四班全員いるっす」

「智慧ちゃん、三班全員いるよ〜」

「もう、皆さん悪ノリしないでくださいよぉ～！　はい、とりあえず全員いることが分かったのでこの後の行動について説明します。しおりを開いてください」

他の班長達も彩人同様に愛称で呼ぶと、智慧は半ヤケクソになりながら今後の予定についてのおさらいと、林間学校の間お世話になる人達への挨拶を行う。

それらが済むと一旦男女に分かれ、荷物を各々割り振られている部屋に置くことになった。

班長の彩人は智慧から二本鍵を受け取ると、片方を副班長の朱李に投げ渡す。

「三十分後、食堂集合だから遅れんなよ」

「分かってるって。りりっち、みなっち行こ」

「じゃあ、また後でね彩人」

「おう。俺達も行こうぜ」

次の集合時間に遅れないよう釘《くぎ》を刺し、女子グループと分かれると彩人は友人を引き連れて宿舎を目指す。

「……莉里の奴《やつ》は相変わらずだな。海と春樹の名前を呼ばなかったぞ。やれやれ、これが交流を深めるための行事だって分かってんのかね」

その道すがら、幼馴染の取った行動に彩人は頭を抱えた。

「街鐘《まちがね》さんは男嫌いで有名だからね。仕方ないよ」

「っても、同じ班になったんだから多少愛想良くしろよな」

優しい春樹は彼女のことをフォローしてくれたが、彩人としては自分の友人にすら冷たく接しているのを見ると申し訳なくなるのだ。

「彩人が気に病むことはない。僕は気にしてないし、春樹は冷たくされて喜んでる」

「えっ、マジ？　春樹お前Mなのか」

「ノーマルだよ。全然そんなことないからね彩人君。こら、海君なんてこと言うのさ。冗談は良くないよ」

「紛れもない事実」

「クハハッ、お前らが友達で良かったよ、本当」

「てれっ」

「あはは、これくらい普通だよ」

だが、落ち込む彩人とは裏腹に友人達は明るく気にしていないと言ってくれた。

二人のお陰で気持ちが楽になり、感謝の気持ちを伝えると海と春樹は照れ臭そうに頰《ほお》を掻《か》いたり、恥ずかしそうな笑みを浮かべた。

「初めて言われた」

ポリポリと頰を掻きながら、海が小さくそんなことを言う。

「絶対嘘だろ、それ。俺の予想では、海は面白いし小柄で童顔だからマスコットキャラ的な感じで人気だったな」

しかし、約一ヶ月接してきた彩人からすれば、海に友人が居なかったのは信じられない。

きっといつもの冗談だろう。

「そうでもない。基本無表情だから、何考えてるか分からないって気味悪がられてた」

「なんだよそれ、そいつら見る目ないな。この無表情な感じで面白いこと言うから良いのに。なぁ、春樹？」

「……そうだね。海君は本当に面白い人だから友達居なかったのは意外だったよ」

そう思っていたが、海の反応を見るに友人が居なかったのは本当らしく、今まで出会ってきた人達は見る目がなかったようだ。

基本無表情と言っても、喜怒哀楽はハッキリしているし話し方も独特で面白く、写真を撮るのが上手い。

これほど面白い人間は中々いない。

勿体無《もったいな》いことをする奴らだと、春樹に同意を求めると彼も信じられないと首を縦に振った。

「なんか背中むずむずする。早く部屋に行こ」

友人達からの誉《ほ》め殺《ごろ》しに耐えきれず、海はふいっと背を向け早歩きをする。

「照れ隠し下手くそ過ぎか」

「こうやって見ると分かりやすいのにね」

「うるさい、これ以上揶揄《からか》ったらネットに彩人がゲロ吐きそうになってる写真と春樹が女の子のパンツガン見してる写真ばら撒《ま》くから」

「俺のは別にそんなダメージないから最悪良いけど、春樹お前女子のパンツガン見はヤバいだろ。普通に犯罪だぞ」

残りの二人が照れる海を揶揄うと、海はこれ以上したら写真をネットにばら撒くぞと脅してきた。

その内の一枚は上げられたら大問題になる写真で、彩人は人のパンツをガン見していたのかと隣にいた春樹から距離を取る。

「違う、あれは事故なんだ！　階段を登ってたら、女の子のスカートが捲《めく》れただけで僕は悪くない。ていうかなんでそんな写真持っているの海君⁉」

「非常階段から夕日の写真を撮ろうとしたら、たまたま撮れた」

「たまにラブコメの主人公みたいなことやってるよな、春樹って」

海を揶揄っていたはずが、いつの間にか立場は逆転。

いつもの如く、春樹が弄《いじ》られ三人はいつもの調子を取り戻すのだった。

◇

時は流れて、二時間後。

部屋に荷物を置いて、昼食のバイキングを堪能した彩人は現在、班のメンバー達と森の中を歩いていた。

「あのキノコ食えそうじゃね？」

「待って。あれはクサウラベニタケだから駄目。腹を下しても良いなら食べても良いけど」

「うげえっ、マジかよ。夕飯に使えると思ったのに」

その時、偶然キノコを見つけた彩人が取ろうとしたが、すんでのところで莉里から待ったが入る。

彼女の記憶ではこのキノコは毒キノコで食べられないらしい。

彩人はそれを聞いた瞬間、慌てて伸ばしていた手を引っ込めた。

「凄い、りりっち。物知りさんだ。よくキノコの判別なんて出来るね」

「子供の頃に図鑑で見てね。まぁ、その時はほとんどうろ覚えだったんだけど、何処《どこ》かの誰かさんが後先考えず木の実とかキノコ食べようとするから嫌でも覚えちゃったよ」

班員の誰もが知らないキノコの名前を言い当てた莉里を、朱李が賞賛すると彼女は必要に迫られたからだと説明し、チラッと呆れの籠った目で彩人を見る。

「莉里ちゃんに迷惑をかけるな、バカ月」

「いてっ。なんで俺だって分かんだよ。俺の名前出てないのに」

「そんなことをしそうなのがアナタくらいだからよ」

「うん、彩人は馬鹿だから何でも食べそう」

「とりあえず出されたら何でも食べる感じはあるよね」

「お前らがどういう風に思ってるかよく分かった。後で覚えとけよマジで」

他班員達にはバレないと思ったが、話を聞いた時点で全員には丸わかりだったようで袋《ふくろ》叩《だた》きにされてしまった。

夕飯を豪華にするため良かれと思って行動したのに、ここまで叩かれると思ってなかった彩人は夕飯で何かしら班員に仕返しをすることを決意した。

さて、前置きが長くなったが彩人達が山の中にいるのは、勿論《もちろん》食材探しのためではない。

林間学校で行われるオリエンテーションの一環だ。

ありがちなものだが、教員達が山の何処かに設置した謎を解きキーワードを集めて最後に答えを出す。所謂《いわゆる》『宝探しゲーム』というものをやっている。

制限時間は二時間で、範囲はそこそこに広い。

最後に出された質問に答えるのを失敗すると夕食で作るカレーが具なしになってしまうらしい。

だが、班員達との交流を深めるのを主題としているため、学校側は余裕でクリア出来るようにデザインしているので、実質的軽いハイキングのようなものである。

「うわっ」

「危ない！」

ただ、彩人達がいるのは管理されているとはいえ山の中。

普段よりも足場が悪く危険も多いので、気を抜けば事故が起こるのは必然。

周りのことが気になって意識が散漫になっていた莉里は、足元にある木の枝に足を引っ掛ける。

転びそうになったところを間一髪、春樹が抱き止める。

「大丈夫？」

「……おかげさまで。もう大丈夫だから離してくれますか？」

「ご、ごめん。すぐ離れるよ」

怪我《けが》はないかと心配そうに莉里の顔を覗《のぞ》き込む春樹。

僅かに動けば鼻がぶつかる程の距離に、莉里は嫌悪感を示し離れるよう言うと、春樹はすぐに謝り腕を解いた。

「漫画みたいね」

（そうだな）

ミナカの発言に内心で肯定する彩人。

二人による一連の出来事はまるで、恋愛漫画のように美しくフィクションの世界ならば恋が始まっていたことだろう。

だが、そこまで考えたところで彩人の胸の奥に鈍い痛みが走る。

「りりっち、大丈夫？　足元気をつけないと駄目だよ」

「足を捻《ひね》ったりはしてない？」

(何だこれ？　とりあえず莉里のところに行かねぇと)

初めて感じるタイプの痛みだが、それはすぐに治り班員達と同じように莉里の元へ向かおうとすると足が滑った。

「あっ」

傾いていく世界の中、先程踏みしめたところに湿っている葉っぱを視界に捉える。

「ぐへっ⁉」

あれが諸悪の根源。許すまじ、そんなことを思いながら彩人は地面にキスをした。

キスをした感想としては、砂が口の中に入り最悪だったとだけ記しておく。

「彩人⁉」

「わーおー、見事なこけっぷり。いとっち鼻とか大丈夫そ？」

「ぺっ、ぺっ！　めっちゃ鼻いてぇけど、多分大丈夫」

顔面からいったため、強打した鼻がかなり痛むが骨が折れているといった感じはなく、

大きな怪我はなさそう。

心配する班員達を安堵《あんど》させるかのように、ヒラヒラと手を振ってから彩人は身体を起こした。

「うわぁ、最悪。めっちゃジャージ汚れてるじゃん」

「ドンマイ」

身体を見渡してみると、地面が多少ぬかるんでいたのもあってものの見事に泥だらけ。

家に持って帰ったらまず間違いなく母親に叱られるレベルの状態に、思わず重たい溜息《ためいき》が出た。

「彩人。大丈夫なの？」

視線を上げると、目の前には幼馴染《おさななじみ》が心配そうな顔で手を差し出していた。

「大丈夫大丈夫。鼻が痛い以外は大したことねぇよ。それより、そっちの方は大丈夫だったか？」

「うん。……西園《にしぞの》君のおかけで、怪我一つないよ」

立ち上がる際に地面に触れたのもあって、手が汚れている彩人は莉里の手を借りることなく立ち上がる。

そして、彼女の安否を聞くと不服そうにしながらも怪我がないと教えてくれた。

「なら、良かった。ていうか、俺達二人共こけるとかすげぇ偶然だよな。幼馴染だからってこんなところまで似なくてもいいのによ」

「ふふっ、そうだね」

お互いに不運な日だと彩人が笑うと、同意するようにつられて莉里も笑った。

「よし、てなわけだから。お前ら山ってのは足元が不安定だからな。注意して歩けよ～」

問題なく班員全員が動けそうなことを確認した彩人は、自分が転んだことをダシにし班長らしく班員に気をつけるよう注意を促す。

「うぃー」

「はーい」

「気をつけるよ」

「泥まみれになった人が言うと説得力があるわね」

「だろ？」

「何で自慢気なの？　意味分かんない」

「まぁ細かいことは気にするなって、次のなぞなぞ目指して出発だぜ！」

「「おーう!!」」

各々から反応が返ってきたところで、彩人は出発の合図を出しそれに乗っかるように一部のメンバーが声を上げた。

それから五班のメンバーは足元に注意しながら、なぞなぞを解いていき無事宝探しをクリア。

具なしカレーを見事回避してみせた。

ちなみに、集めたキーワードは謎を解いている段階で察したがカレーライスで、もう少し捻ったものにしろよと思ったのはここだけの秘密である。

「智慧ちゃん先生、まだ時間あるなら服着替えて来ていいすか？　流石《さすが》にこれは気持ち悪いんで」

「流石にそれは着替えたほうがいいですね。いいですよ。ですが、出来るだけ早く帰って来てくださいね」

「うぃっーす」

予定時間よりも早く帰って来れたため、彩人はジャージを着替えたいと申し出る。

一度上から下まで彩人の惨状を見た智慧は快く許可し、彩人は宿舎に一人で戻れることになった。

「ちょっと、着替えてくるわ」

「いってらしゃい、彩人」

「いってら」

班員達にそのことを伝えると、足早に自分達の部屋に戻りジャージに着替える。

ビニール袋にジャージを詰めたところで、時刻は二時半前。

まだまだ余裕があるので、彩人は汚れたジャージを洗うことにした。

「ハンガー、ハンガーっと。ん？　何だこの写真？」

干すために必要なハンガーが何処かに無いかと部屋を漁《あさ》っていると、誰かの鞄《かばん》の中から写真が落ちて来たのを発見。

気になった彩人はその写真を手に取った。

「これって、俺が体験入部に行った時に撮った莉里の写真。我ながらよく撮れてるな。……で、何でここにあるんだ？　俺この写真プリントアウトした記憶無いんだけど」

紛れもなく、これは彩人が体験入部の際に撮った写真。

会心の出来だったので、先輩に頼んでスマホにデータを送ってもらったがプリントアウトはしていない。

（いや、待てよ。写真を撮った日に品評するからって最後一枚だけ作ったな。てことは、多分海が持って来たんだろうか。あれ、もしかしてあいつ莉里のこと好きなのか？　うわぁ、ヤバッ。これ絶対気づかれたくなかった奴《やつ》だよな。どうしよ？）

彩人が脳内コンピュータをフル稼働させ導き出した結果、海が幼馴染である莉里のことを好きだということが分かった。

でなければ、莉里の写真を持って来ていることに説明が付かない。

まさか、自分の友人が幼馴染に恋をしてるとは。

普段の様子にはそんな素振りがなかったから全く気が付かなかった。

ただ、海が彩人にこのことを打ち明けていないということは、これを知ったのは間違いなく異常事態《イレギュラー》。

（……とりあえず見なかったことにしよう）

熟考の末、彩人が出した答えは、見なかったことにして今見たものは全部忘れること。

それが一番無難だと、判断した彩人は写真を海の鞄に戻し、引き出しの中にあったハンガーを持ってあらかじめ決めていた通りジャージを洗うため洗面所に移動。

石鹸《せっけん》を使ってゴシゴシとジャージを無心で洗っていく。

「……って！　出来るかぁ!?　あんなビッグニュースを見なかったことにするとか、俺には無理なんだけど！」

だが、それも長くは続かずダンッと彩人はジャージを持つ手で洗面台を叩いた。

事が事だけに、どれだけ無心になろうと彩人の頭の中から先ほど見たものが頭の中にこびりついて離れてくれないのである。

絶対このまま戻ったらぎこちない振る舞いをしてしまう。

そのことが容易に想像出来てしまって頭が痛い。

「いや待てよ。もしかしたら、俺の勘違いって可能性もあるしまだワンチャン関係ないってこともあるか？」

よくよく考えてみれば、彩人はまだ海が莉里の写真を持っているのを見つけただけ。

彼の口から好意があると聞いたわけでは無い。

好意があると彩人は思っているが、まだ別の可能性がある。

「うん、そうだよな。そうそう、入学してまだそんな時間も経《た》ってないのに好きになるとかあり得ねぇよな」

そう自分に言い聞かせ、彩人は洗ったジャージをベランダに掛け莉里達のいる場所に戻った。


三時間後。

(海の奴めっちゃ、莉里のこと写真撮ってる〜!?　こんなん絶対確定だろ!)

彩人の希望はあっさりとぶち壊されてしまった。

写真部である海は自分のクラス写真を撮ることが義務付けられている。

だから、手が空くと海はクラスの写真を撮って回っているのだが明らかに莉里のことを撮る回数が多い。

今も、朱李と一緒にカレーに使う野菜を切っている莉里のことを遠巻きから撮っている。

これで、好意が無いは無理があるだろう。

「うわぁ、マジかよ」

海が莉里に好意を持っていることを確認した彩人は、勘違いじゃなかったことを知りどうしたものかと頭を悩ませた。

「勝手に落ち込むのは構わないけど、西園君が飯盒《はんごう》の準備が終わるまでに火をつけなさいよ」

「わーってる。ちょっと待ってろ。すぐに用意してやるから」

しかし、世界は彩人に考える暇を与えてはくれないらしい。

薪《まき》を持って帰ってきたらミナカが、火をつけるようせっついてきた。

彩人は渋々立ち上がり、一先《ひとま》ずその辺に落ちている杉の葉と小枝をいくつか拾ってくる。

薪を二本ずつ縦横と積み重ね、四段ほど積むと中に拾って来た小枝と杉の葉を一部突っ込み、班に一つ支給されたチャッカマンを使い点火。

油を大量に含んでいる杉の葉が真っ先に燃えあがり、いくつかの小枝に火がつく。

それから薪に火がつくまで、火を絶やさぬよう杉の葉を投入すると二分と経たずに立派な炎が立ち上がった。

「手慣れてるのね」

「小さな頃からキャンプに連れてかれてたからな。こんくらいは余裕だ。流石に錐揉《きりも》み式で火をつけろとか言われたらてこずるけどな」

火が均一になるよう薪を使って色々動かしていると、隣に座っていたミナカが不服そうな顔のまま褒めてきた。

「ちょっとは見直したか？」

「別に。強いていうならムカつく馬鹿からイケ好かない馬鹿に変わったくらい」

少しは見直してくれたかと、彩人が問えばミナカは調子に乗るなと冷ややかな目を向けてくる。

「そうですか。火、俺が見とくから。莉里達の方手伝ってこいよ」

「そういうことならお言葉に甘えて。私は可愛《かわい》い女の子達と戯れてくるわ」

彩人はそれを肩を軽くすくめて受け流し、その他の手伝いをするよう指示を出す。

すると、フフンッと何故《なぜ》か自慢気な顔をして、ミナカは莉里達二人に混ざっていった。

（変な奴。ていうか、それより今は海だよ、海。アイツやっぱり莉里のこと好きなのか～。今の距離感的に難しそうだけど。どうするつもりなんかな？）

ミナカが居なくなったところで、改めて海と莉里が付き合う可能性について真面目に考察する。

彩人の見立てだと、現状の段階だと二人が付き合う可能性はほぼない。

何故《なぜ》なら、莉里が未《いま》だに海とマトモに口をきいていないからだ。

彼女のモテ話を散々聞かされて来た彩人は、あの幼馴染を攻略するためにはきちんとした手順を踏む必要があることを知っている。

だから、一先《ひとま》ず口をきいてもらえる関係にならないといけないのだが、遠巻きから写真を撮っているだけでは距離が縮まるはずもない。

（海やる気あるのか、お前ぇ〜〜！　頑張れ〜〜！）

と、彩人は友人にエールを送ったが心の声が届くはずもなく海は写真を撮るのに夢中になっていた。

◇

「いただきまーす」

「「「「いただきます」」」」

彩人の声を合図に、莉里を含めた他の班員達が合唱する。

それを終えて、視線を下に向けるとスパイスの匂いが香るカレーライスが各々メンバー達の前に置かれている。

本日の夕食は自分達で作った甘口のカレーライス。

朱李や春樹が辛口のカレーを希望したが、残りのメンバーが辛いのが苦手で、特に舌が敏感な彩人が甘口のカレーが良いと抗議したことにより甘口に決定したのである。

先ずは、お米とルウが半々になるようスプーンで掬《すく》い一口。

（うん、美味《おい》しい。やっぱり甘いのは食べやすいな）

感想としては、普通に美味しい。

市販のルウを使っているので当たり前ではあるのだが、やっぱりカレーのヒリヒリとした辛味が少なく適度な辛さの甘口が一番莉里の舌に合っている。

「辛口しか最近食べなかったから気付かなかったけど甘口も美味しいね！　りりっち」

「ふふっ、そうだね。炭の香りが少しする感じも、野外で調理したって感じがあって私は好きだよ」

辛口派だった友人の朱季も食べてみると、存外口に合ったらしく美味しそうにパクパクとカレーを口に運ぶ。

そんな友人の姿が微笑《ほほえ》ましく莉里は笑みを溢《こぼ》した。

「分かる！　いつもとは違った風味でめっちゃ美味しいってウチも思うもん。ただ、ちょっと欲を言うならお米が硬い方がウチの好みなんだけど、皆《みんな》が食べるってなったらこれくらいだよね」

「朱李ちゃんと一緒で実は私も硬い方が好みなんだ」

「ぐふっ、ごめんね。僕が何にも考えずいつも通りの水分量で飯盒炊いちゃって」

「あぁ、ごめんごめん。はるっちを責めてるわけじゃないから。その方が良かったなってちょこっとだけ思ってるだけ」

カレールウの話から話題は変わりお米の話に移った。

もうちょっと硬い方が良かったねと二人で話していると、春樹が申し訳なさそうに謝って来た。

責める意図など全く無かったため、落ち込む春樹に朱李は慌ててフォローを入れる。

莉里はそんな二人から、視線を外し真反対に座っている幼馴染《おさななじみ》の方を見る。

「海、本当に俺のところに座らなくてもいいのか？」

「？　別に席なんてどこでもいい」

「そ、そうか」

彩人は友人である海と席について話していた。

何やら席を交換したい様子なのだが、海の方は気付いておらず断られてしまい項垂《うなだ》れている。

(何がしたいんだろう？)

長い付き合いの莉里でも彼の行動の意味が分からず、小首を傾《かし》げた。

それから、彩人の様子が少しだけおかしかった。

突然腹が痛いと言って春樹を連れてトイレに消えたり、洗い物は肌が荒れるからと普段なら絶対言わないようなことを言って洗い物を代わってくれたりした。

莉里としては洗い物をやってくれたのは助かったが、食器類や鍋を洗い終えた時に頭を抱えていたのは本当に謎だ。

（今日の彩人はよく分かんない）

今まであんな奇行をしているところを見たことがなかったため、頭の中は彩人のことばかり。

それは、莉里の大好きなお風呂に入っている間も変わらなかった。

「り〜りっち〜！」

「ひゃあっ！　ちょっ、朱季ちゃん⁉」

考えることに意識の殆《ほとん》どを割いていた莉里は、背後から近づいてくる友人に気付けなかった。

いきなり背後から近づかれ、むにゅうと大きな胸を揉《も》まれ悲鳴を上げる莉里。

「おぉ、予想通りたまりませんなぁ。モチモチの肌が手に吸い付いて、気持ちいい」

「ひゃっ、そこ、駄目。嫌っ、んんっ⁉」

下品なおじさんのようなことを言いながら、胸を揉んでくる朱李。

莉里は身をよじり抜け出そうとするが、変なところを触られているせいで身体に力が入らない。

「どこが駄目なのかなぁ〜？　姉さんに教えてよ〜？」

「ちょっ！　朱李ちゃん何してんの⁉」

「んっ、あっ、ミナカちゃん助けて！」

どうにかして逃げ出そうと踠《もが》いていると、もう一人の友人であるミナカが現れた。

真面目な彼女なら助けてくれるに違いない。

莉里にはミナカが救いの女神様に見えた。

「おっ、みなっち何ってりりっちのこのスイカっぱいを堪能してるんだよ。見て見て、凄《すご》くない⁉　華のＪＫがしていい大きさじゃないよ。しかも、垂れてないしプルンプルン。百点満点いや百二十満点だよ」

「ごくり」

「ごくりじゃないよ！　ミナカちゃん⁉　助けて⁉」

「ごめんなさい、莉里ちゃん。これは、決して大きな胸を触りたいと言うわけじゃなくて、この大きさでハリを保っている秘訣《ひけつ》が知りたいという知的好奇心で、それ以上でも以下でもないの。ええ、下心なんて一切ないわ。決して推しのおっぱいが触りたいからなんて不純な動機ではないの、分かって」

しかし、いけない朱李《あくま》の甘言に惑わされ、女神は呆気《あっけ》なく堕《お》ちた。

ぶつぶつと言い訳を呟き、手をワシワシとしながら近づいてくるミナカ。

「ちょ、な、なに言ってんのミナカちゃん⁉　近寄らないで。目がこ、怖いよ⁉　お願いだからこっちこないで～～⁉」

イヤイヤと必死に首を振る莉里だったが、そんな抵抗も虚《むな》しく少女の悲痛な叫び声が大浴場全体に響き渡った。

「シクシク。私もうお嫁に行けない」

莉里が二人に解放されたのはそれからしばらく経《た》った頃。

部屋に戻ってきた莉里は目尻に涙を溜《た》め部屋の隅で体育座りをしていた。

「いやぁ～、最高だったよりりっちのおっぱい。私についてるのと全然違うから全く飽きなかったね」

それとは対照に、元凶となった内の一人である朱李の顔はツヤツヤとしておりご満悦。

全く悪びれた様子はなかった。

「ごめんなさい。本当にどうかしてたわ。莉里ちゃんにあんなことをするなんて。こうなったらお腹《なか》を切って詫《わ》びるしか」

「重い重い！　そこまでしないでいいから」

が、もう一人の方はそうではなく正気を取り戻したミナカは分かりやすく落ち込んでいた。

気が付けば、彼女の手には筆箱から取り出したカッターナイフが握られており、カチカチッと音を鳴らしたところで流石《さすが》に莉里が止めた。

何もしなければ本当に腹を切りそうだったからだ。

「本当に許してくれるの？」

俯《うつむ》いていた彼女の瞳は不安に揺れており、莉里に嫌われてないかと怯《おび》えていた。

「そりゃ、胸を触られるのは嫌だったけど。あれくらいは女の子同士のスキンシップ範囲でしょ。お嫁に行けないとかは冗談で、本気でそんなことを思っているわけじゃないから！」

「莉里ちゃん……好きよ！」

「うわぁ、ちょっと急に抱き付かないでよ⁉」

確かに彼女達のスキンシップは激しく身体のあちこちを触られて、莉里は嫌だったがあれくらいは一度目の人生で何度か体験している。

今更本気で機嫌を損ねるようなことはない。

タイムリープしていることは伏せつつ、怒っていないことを伝えるとミナカは感極まったのか莉里に抱きついてきた。

クールなミナカがまさか、そんなことをするとは思わなかった莉里はたじたじ。

頬擦《ほおず》りしてくるミナカを見て、莉里の中でミナカの評価がかなり変わった。

それから莉里達は今日の林間学校であったことや、女子らしく恋愛トークに話を咲かせた。

とはいえ、入学して日が浅いため誰々があの子のことを気になっているといった情報は皆無。

一応、タイムリープをしている莉里はクラスの女子が誰を気になっているのかを知っているが、今そのことを話すとあまりにも不自然なので口をつぐんだ。

なので、話は中学時代にどんな恋愛をしていたかといった内容で、男嫌いの莉里とミナカにマトモな話があるはずもなくほとんどが朱李の独壇場だった。

彩人との関係は聞かれたが、幼少の頃にあった残念エピソードを語ると恋愛対象として見ていないことを分かってもらえた。

「そろそろ、良い時間だし明日に備えて寝よっか？」

何か一つに夢中になると時間の経過は早いもので、ふと莉里が時計の針を見れば就寝予定時間の十時を回っていた。

平時ならばまだ起きている時間だが、今日は外での活動が多く思ったよりも疲労が溜まっており瞼《まぶた》が重い。

丁度よく話が一区切りしたところで、そろそろ寝ようと切り出した。

「そうしましょう。ふぁ〜、普段運動とかしないから今日は疲れてもう瞼が重いわ」

「えぇ〜、まだまだはなしひゃりひゃいのにぃ……スピー」

どうやら眠かったのは莉里だけでは無かったようで。

ミナカは莉里の提案にすんなり賛成し朱李はまだまだ話し足りないようだったが、思っていた以上に疲れが溜まっていたらしく話している途中で眠ってしまった。

「物凄《ものすご》い速度で寝たわね。の○たくんみたい」

「ふふっ、風邪ひいちゃわないように布団を掛けて、私達も寝よっか？」

驚異的スピードで眠りに落ちた朱李に、ミナカは某猫型ロボットが登場するアニメの主人公のようだと表した。

あまりに的確な表現に、莉里は思わず吹き出してしまった。

「ええ、おやすみなさい莉里ちゃん」

「おやすみ、ミナカちゃん」

穏やかな寝息を立てる友人に布団をかけると、部屋の電気を消し横になる。

瞼を閉じると、朱李程とは言わないが二人ともあっさり夢の世界へ旅立った。

◇

パシャ。

暗闇に沈む中、無機質なシャッター音が響く。

母親がカメラマンをしている都合上、莉里にとっては馴染《なじ》み深《ぶか》い音であり、嫌いな音でもあった。

目を開くと、莉里が使っている駅の前に立っていた。

が、空は黒い雲に覆われていて雨が降り出しそう。

(帰らなきゃ)

ただ、漠然とそう思った莉里は駅に背を向け我が家へ向かって歩き出す。

パシャ。

十字路を通り過ぎたところで、シャッター音が聞こえた。

音のする方向へ視線を向けたが、誰も居ない。

気のせいかと自分に言い聞かせ公園の側を通ると、パシャパシャと今度は二回シャッターの音が公園の方から聞こえた。

音に反応してすぐに横を向いたが、また誰も見えない。

莉里は何とも言えない気持ち悪さを感じながら、橋を渡っている反対車線からパシャパシャパシャと今度は三度音が聞こえた。

三度目の正直、今度こそはと視線を横に向けたが、トラックが丁度目の前を通り過ぎて何も見えなかった。

トラックが居なくなると、案の定人の姿はない。

パシャパシャパシャパシャ。

後ろから、シャッター音が聞こえ振り向く。
誰も居ない。
パシャパシャパシャパシャ。
左から五度聞こえたが誰も居ない。
パシャパシャパシャパシャパシャ。
右から六度誰も居ない。
パシャパシャパシャパシャパシャパシャパシャパシャパシャパシャパシャパシャ
パシャ。
居ない居ない居ない居ない居ない居ない居ない居ない居ない居ない居ない居ない
居ない。
それを何十回と繰り返したところで、ついに恐怖心が限界を迎え莉里はその場から駆け
出した。
パシャパシャパシャパシャパシャパシャ。
音が聞こえるのなんか関係ない。
ただ、ひたすらに逃げる。逃げる。逃げる。逃げる。
（家だ！）
呼吸が乱れ走るのが苦しくなってきた頃、ついに我が家が見えた。

瞬間、言いようの無い安堵感《あんどかん》が莉里を包む。

鳴《な》り止まないシャッター音を無視し、ドアを開け家の中に飛び込む。

急いでドアを閉め鍵をかける。

すると音が止まり、安堵《あんど》した莉里はその場にへたり込んだ。

これでもう大丈夫、そう思った時目の前が歪《ゆが》み別の場所に変わった。

目の前に現れたのはとあるマンションのドア。

カチャンと、鍵が開いた音が聞こえドアが開くと耳が張り裂ける程のシャッター音と同時に、瞳を黒く澱《よど》ませた天然パーマの少年がカメラを持って現れた。

『もっと、もっともっと君のキラキラを撮らせてよ？』

彼がそう呟くと、自分が映っている写真の束が足に絡みついて莉里をドアの中へ引き込もうとする。

『……いや、嫌、やめて。いや――――あぁ〜〜！　ヒュ――、ヒュ――！』

恐怖が限界を迎えた莉里が叫び声を上げようとした瞬間、夢から覚め悲鳴と共に莉里は跳ね起きた。

呼吸が喘息《ぜんそく》になった時のように苦しい。

身体の全身という全身から嫌な汗が流れて出て気持ち悪い。

とりあえず、息がまともに出来ないため呼吸を整えるのに集中。三分ほど時間をかけて安定させた。

（最悪。あっ、誰か起こしてないかな？）

「スー、スー」

「スピー。あっ……そこ……いいよりりっち……スピー」

落ち着いたことで、周囲を冷静に確認出来るようになった莉里はまだ周りが暗く夜だということに気が付いた。

ということは、まだ皆《みんな》が寝ている時間。

先程の悲鳴で誰か起こしてしまわなかったかと、両隣に寝ている友人達の顔を伺うと二人とも穏やかな顔をして寝ていた。

「……よかった」

友人達の睡眠を妨げていなかったことにホッと息を吐く。

もし、自分が悪夢を見たせいで友達を起こしてしまっていたら申し訳なさ過ぎる。

一先《ひとま》ず、これ以上何かをして起こさないために莉里は部屋をひっそりと抜け出し、宿舎を出た。

外は春とはいえまだ肌寒く、澄んだ空気が肌に突き刺さる。

それらを我慢しながら、莉里は自動販売機の横にあるベンチに座った。

「ホントどうしよう？」

考えるのはさっき見た悪夢。もとい、一度目にあったストーカー事件のこと。

夢だから多少誇張されていたが、あれは実際に起きた出来事なのである。

事の発端は高校に入学して一ヶ月が経った頃、学校から帰る途中パシャというシャッター音が聞こえたところから始まった。

最初は誰かがスマホで何かを撮っているのだろうと、気にしなかった。

だが、毎日下校する度にシャッターの音は聞こえてきて、一週間が経過すると電車を降りてからも聞こえてくるようになった。

この時になって莉里はようやく誰かに撮られていると確信した。

だが、音がした方向を向いても見つからない。

正体不明の何かに盗撮されている。

そんな恐怖に駆られるが、決定的な証拠が無ければ警察は動かせない。

仕方なしに、何とか盗撮犯を特定しようと頑張ったがなかなか尻尾が摑《つか》めず、二週間が経過。

シャッターの音がエスカレートしていき、いつのまにか連写に切り替わっていた。

正直怖くて仕方がなかった。だから、毎日相手に追いつかれないよう走って逃げていたある日、莉里の手を摑む者がいた。

その者の名は明石海。

当時、莉里が在籍していた三組の生徒で、部屋の隅にいつも一人でいて何を考えているのか分からない少年だった。

『逃げないでよ。もっと僕にキラキラを撮らせて？』

濁った黒い瞳は闇のように暗く、見ているだけで吸い込まれてしまいそうで。

本能的に恐怖を感じた莉里は逃げようとしたが、小柄な男子とは思えぬほどの力で振り解《ほど》けなかった。

ならばと、声を出そうとしたが口をハンカチで塞がれ助けを呼ぶことも出来なくなり、海に引っ張られ家に連れ込まれそうになった時、元彼が現れて海を押さえつけ、警察を呼んでくれたことで事件は幕を閉じた。

元カレ曰《いわ》く、莉里の様子がおかしかったから後を付けていたらたまたま連れ込まれそうになったのを見つけたとのこと。

彼がいなければと思うとゾッとする。

莉里のトラウマの一つだ。

さて、ここまでが本題に入る前の前語り。

重要なのはここじゃない。

莉里が頭を悩ませているのは、自分のことをストーキングと盗撮をしていた男が幼馴染の友人になってしまったことである。

ここで、多くの人が思ったことだろう。

何故《なぜ》そんな危険な相手がいる高校にそもそも入学したのか？　と。

これには理由があって簡単に言うと、トラウマを克服するためだ。

タイムリープをした直後はトラウマを防ぐこと、避けることばかり考えていた。

が、彩人との出会いをきっかけに、真っ正面から向き合わず逃げているばかりでは、いつまで経《た》っても本当の意味で幸せになれないのだと莉里は知った。

だから、いくつかのトラウマがある聖羅《せいら》高校に入学した。

手始めに自分のことをストーキングしていた海のことを、自分の力だけで捕まえようと思っていたのだが。

何の因果か、凶悪犯の海とよりにもよって彩人が仲良くなってしまった。

これが莉里にとっては目の上のたんこぶ。

彼が彩人の隣にいるせいで、幼馴染と話す機会が減るだけでなくいつ盗撮をされるのかと常に警戒しなければならない。

なら、海をさっさと捕まえて警察に突き出してしまえばいいと思うだろうが、そんなことをすれば幼馴染はきっと悲しむだろう。

彼は友達想《おも》いだから。

あの時、何か出来なかったかと後悔する。

それが嫌だった。

でも、捕まえなければ海のストーキングを止められないわけで。

幼馴染を悲しませたくないという想いと、自分にトラウマを与えた海という少年に相応の報いを受けて欲しいという気持ちがごちゃ混ぜ状態。

幸いまだストーキングは始まっていないが、どうしたら良いのかとここ最近ずっと莉里は悩みっぱなし。

あの夢を見る前からもずっと考えているが、良い案が出て来ない。

行き詰まった莉里が空を見上げると、うざったいくらいに星が輝いていて思わず睨《にら》み付ける。

その時、パシャというシャッターの音を耳が捉えた。

視線をそこに向けると、深い暗闇があるだけで何も見えない。

ただ、間違いなく聞こえた。

つまり、海のストーキングが始まったのだ。

(こうなったらもう捕まえるしかないよね)

そう判断した莉里は立ち上がり、音のした方向に歩き出す。

暫《しばら》く進んだところで、ドサッと誰かが倒れる音が聞こえる。スマホのライトを点《つ》けると

そこには——

「馬鹿野郎！　好きな子に隠れてそんなことすんな！　写真を撮りたいなら堂々と相手に言え馬鹿！　お前のしようとしていることは立派な犯罪なんだぞ⁉」

——海の胸ぐらを摑み怒鳴る彩人の姿があった。

◇

会社員の父親と専業主婦の母親。

ごくごくありふれた家庭に生まれたその長男は不思議な子だった。

基本的には静かで、ボッーとよく分からないところを見つめているかと思えば、「きゃきゃ」と突然嬉《うれ》しそうに笑う。

後に、彼が喋れるようになって分かったことだが、その少年には常人には見えない輝きが見えているらしい。

それを写真に収めると、プロ顔負けレベルの写真が撮れて両親達は天才だと持て囃《はや》した。

だが、同年代の子供達は違った。

『キラキラが見える』といった意味の分からないことを言う少年のことを、化け物だと気持ち悪がり虐めた。

当然、友達はいない。

辛くて、苦しかった。

でも、少年は弱音を吐かなかった。

何故《なぜ》なら、キラキラを写真に収めることが出来るとその日あった嫌な出来事が吹き飛ぶからだ。

写真さえ撮れればそれで良い。

やがて、少年は小学生ながらに極地へ至り人との関わりを蔑《ないがし》ろにするようになった。

話しかけられても、物を投げつけられても、蹴られても、教科書を破かれても、無反応。

ただでさえ変わることのなかった顔は完全に凍りつき、動くことは無くなった。

その頃になると虐めは止《や》んだ。

単純なことだ。反応が無いとつまらないからである。

今までは睨《にら》みつけたり、苦悶《くもん》に顔を歪めたりと何かしらのアクションがあったが、それすら無くなるとまるで人形を殴っているような気分になって虚《むな》しくなるのだ。

だが、今更虐めが止まっても手遅れだ。

何故なら、彼はこの時既に人間として決定的に壊れていたのだから。

写真が全て。それが明石海という人間だ。

そんな彼が犯罪を犯すのは時間の問題だった。

高校に上がるまで彼が犯罪に走らなかったのは、単純に彼の見える輝きが人間相手では見えなかっただけ。

それまでは、物や人間以外の動物だったのだがある時出会ってしまったのだ。

キラキラと眩《まばゆ》いまでに光輝く人間を。

それが、街鐘莉里。

クラスで一、二を争う程の人気でその評価に見合う程の人間離れした美貌を持っていた。

ただ、彼女の顔は常に海同様に凍りついており、初見ではキラキラは見えなかった。

だが、ある日の帰り道彼女がニコッと顔をほころばせた時見えてしまったのだ。

『綺麗』

今までに見えたことのない程のキラキラが。

その日からだ。

海が莉里の写真を撮るようになったのは。

それからとりつかれたように毎日毎日常に莉里の後を追いかけて、写真を撮った。

不思議なことに、撮っても撮っても満足しなかった。何故なら彼女の見せる輝きは留《とど》まることを知らず、写真を撮る度に様々な光を見せるからだ。

だから、次第に海は莉里のことを一日中撮り続けたいと思うようになり、自分の家に閉じ込めようとした。

結果は失敗。

途中で邪魔が入り警察に捕まってしまったのだ。

あと一歩早ければ、彼女のことを監禁出来たのに。そう後悔するが、牢屋《ろうや》に入れられてしまってからではもう遅い。

（撮りたい撮りたい撮りたい撮りたい撮りたい撮りたい撮りたい撮りたい撮りたい撮りたい撮りたい。……あっ）

牢屋に入れられてから暫くして、写真を撮ることが出来ないことに物凄《ものすご》いストレスを感じるようになった海は、あまりのストレスに頭の血管が切れて死亡した。

これが、一度目の明石《あかし》海の一生。

莉里はこのことを全く知らなかったが、彼女同様に海の人生はどうしようもないほどに救いのないものだった。

それは、二回目の人生が訪れたとしても変わらないはずだった。

だが、桜の花が綺麗《きれい》な入学式の日。

『あっ、悪い驚かせちまったな。クラスを確認したいんだけどさ何処《どこ》で見るか忘れちまってさ。何処で見るか覚えてないか？』

とある少年が声を掛けてきたことによって変わった。

そう、彩人だ。

本来ならば話かけられても無視するはずの海があの時は何故か反応し、掲示板の位置まで教え挙げ句の果てには自己紹介までしていた。

これは驚くべきことである。

まさか自分がこんなことをするなんて。

彩人の姿が消えてからも何故あんな行動を取ったのか考えたが答えは出なかった。

ただ、どうせ関わることはないだろう。そう思っていたら、入学式が終わった次の日の朝。教室の端っこにいる海を見つけて彩人は話しかけてきた。


『よう、また会ったな』

『昨日はありがとな。めっちゃ助かったわ』

『お礼に俺のカロリーメイトを進呈しよう。特別だぞ？　……えっ？　要らない。うるせえ、食え』

『ぶはっ、無表情でそんなこと言うなよ。お前面白いな』


不思議な少年だった。

誰もが話していても無反応でつまらないと敬遠していた海のことを唯一面白いと言う。

空虚だったはずの胸の一部が埋まるような感覚。

この時、海は嬉しいと思った。

それからだ。海が彩人とつるむようになったのは。

彼との会話はユーモアと子供らしさに溢《あふ》れていて、またマイペースな海の話にもノリ良く着いてきてくれる。

心地よかった。

そして、これが友人というものなのだと理解した。

彩人は凄い人だ。

自分に合わせてくれるだけでなく、狭かったはずの海の世界を広げてくれた。

入学してすぐはメッセージアプリの友達欄はゼロだったのにいつの間にか朱李と彩人、春樹と三人に増えている。

彼女らもまた無表情で人形のような海を面白いと言ってくれて、また胸の空洞が埋まっていくのを感じた。

（楽しいな）

この頃になると、海は学校に行くのが楽しくなっていた。

友人とくだらない話をして、たまに放課後ゲームセンターで遊ぶ。そんなありふれた学生生活が楽しかった。

だから、調子に乗った海は彩人に自分の好きを共有したいと思い写真部の体験入部に誘った。

その選択が後に自分を最悪に追い込む要因になると知らずに。

彩人は海の見立て通り、体験入部に行くことを了承し海の撮った写真を親と同じように褒めてくれた。

彼にも、写真の素晴らしさを知って欲しい。

体験入部の間はずっとそんなことばかり考えていた。

けれど、体験入部の終盤。

彩人の撮った写真を見た時、色んなものが吹き飛んだ。

彼の写真に映る少女は今まで見てきたどんなものよりも輝いていた。

莉里が放つ輝きは海のことを瞬く間に魅了し、自分も撮りたいと思うようになった。

それから、海は暇さえあれば莉里の写真を撮るようになったといっても常識の範囲内。

彩人達と関わるようになったことで取り戻した人間らしさがここに来て作用したのである。

そのため、写真を撮るのは先生の許可が降りた時か彩人に莉里との写真を撮るように頼まれた時のみ。

それ以外は写真を撮ることはなかった。

だが、それでは駄目だった。

制限をかけた状態では、あの日彩人が撮ったような彼女の輝きを撮ることは叶《かな》わない。

（なら、それ以外の時も撮るしかないよね）

そう結論づけた海は、莉里の写真を撮ろうとしたが男嫌いの彼女はそもそも口をきいてくれず、許可は取れなかった。

ならば、もう無断で撮るしかない。

林間学校の夜、撮った莉里の写真を見ながらそう結論付けた海はたまたま起きた時に、莉里が宿舎を出ているのを発見。

カメラを持って彼女が一番綺麗に映る場所へ移動し、カメラを構える。

ここで、シャッターを押せば取り返しのつかないところに堕《お》ちる。

だが、写真を撮ることに熱中している海はそのことに気が付かず、彼女がキラキラと輝いた瞬間シャッターを押そうとした時――

「何してんだ？　お前」

底冷えするような声と共に、横からぬっと手が伸びた。

まるで、鉄でプレスをされているかのような痛みが腕に走りレンズがぶれた。

そして、パシャという音と共にカメラが地面に落ちる。

視線を横に向けると、そこには見たこともない怒りの形相を浮かべる彩人が居て。

「…………」

「…………」

二人の間に沈黙が流れる。

「なんでこんなことしたんだ？」

「……街鐘さんの写真が撮りたかったから」

今まで聞いたこともない冷たい声で問い詰められ、あまりの圧に耐えられなかった海は素直に理由を打ち明ける。

次の瞬間、海は胸ぐらを摑《つか》まれ思いっきり引き寄せられお互いの頭がぶつかり、衝撃で視界が揺らぐ。

「馬鹿野郎！　好きな子に隠れてそんなことすんな！　写真を撮りたいなら堂々と相手に言え馬鹿！　お前のしようとしていることは立派な犯罪なんだぞ⁉」

頭がぶつかったことなどお構いなしに怒声を上げる彩人。

歪《ゆが》む視界の中、僅かに見えた彼の顔には涙が浮かんでおり――

（あぁ、僕は間違えたんだな）

――海は自分が友人のことを傷つけてしまったことに気が付いた。

◇

時間は少しだけ遡り、夕飯が終わってすぐ。

「はぁ、駄目だ。上手《うま》くいかねぇ」

片付け終えた彩人は洋式トイレの中で頭を抱えていた。

理由は言わずもがな、海と莉里のことだ。

海が莉里に好意を持っていると気が付いた時から、何とか二人の距離を近づけさせようと行動したのだが成果なし。

二人っきりの状況を作っても、海と莉里は会話をしようともしなかった。

ある程度分かってはいたが、莉里の男嫌いは筋金入りで一対一ではロクに口をきかない。

だが、彩人が二人の間を取り持とうとするとおそらく莉里にバレる。

あの幼馴染《おさななじみ》はエスパーだ。

不用意なことをすると彩人の考えを読まれてしまう。

だから、今日やったのが彩人の出来る精一杯のサポート。

あれ以上のことを彩人がすることは不可能だ。

「俺にはもう無理だ。後は何とか頑張ってくれよ、海」

誰もいないトイレの中、彩人は寝室で写真の整理をしている友人に想《おも》いを馳《は》せた。

しかしながら、二人の距離が縮まることを祈ったものの今日の予定では女子と一緒になるイベントは無い。

特に何があるでもなく風呂に入り、自室に戻ってダラダラと時間を潰す。

そんな退屈な時間が続いたが、彩人としては変に気を遣わなくて良く大変心穏やかに過ごせて最高だった。

「そろそろ時間だし寝るか」

「りょ」

「ふぁぁ〜、じゃあ電気消すよ。僕もう限界だから」

就寝時間になる頃にはすることも無くなっていたので、誰がごねることもなく三人は寝床につく。

それから疲れていたこともあり、三人は仲良く同時に寝息を立て始めるのだった。

眠りについてから数時間後が経過したところで、がさがさと誰かが鞄《かばん》を漁《あさ》っているのを感じ取った彩人は目を覚ます。

暗闇の中、辺りを見渡すと海が部屋の外に出ていくのが見えた。

(どこ行くんだ？　アイツ)

彩人の中では大方トイレだと思っているが、何となく友人の行動が気になった彩人は、海の後を追って部屋を出た。

が、予想に反してトイレに行っても友人の姿が無い。

となれば、洗面所かと足を運んでみたがこちらにも姿はない。

（星の写真でも撮りに行ったのか？）

何処に行ったのか考えながら歩いていると、普段街中では見ることの出来ない満天の星達が目に入った。

写真好きの海なら、この美しい夜空を撮っていてもおかしくない。いや、絶対そうだ。

妙な確信と共に、彩人は宿舎を出た。

「さっむ」

宿舎の外は存外に寒く、身体を縮こまらせながら海を探す。

「おっ、いた。何撮ろうとしてんだ、海のや――ッツ!?」

目が夜の闇に馴染《なじ》んでくると、友人はすぐに見つかった。

彩人の想定通りカメラを構えて何かを撮ろうとしてる。

星では無いことを意外に思いつつ、視線をカメラの先に向けるとそこには星空に照らされ儚《はかな》げな顔をする莉里がおり海に気付いている様子はない。

そのことに気が付いた瞬間、彩人の中で何かが弾けた。

頭で何かを考えるよりも先に動き、写真を撮ろうとする友人の手を摑んだ。

「何してんだ？　お前」

自分でもこんな声を出せるのかと、びっくりするくらい彩人史上最も低い声で海に問いかける。

お前は何をしようとしているのか、と。

あらんかぎりの力を持って握っているからか、痛みに海が顔を顰《しか》めるとパシャという音と共にカメラが地面に落ちた。

海と目が合う。

暗がりの中で良く見えないが、何と無くバツの悪そうな顔をしていることは分かった。

「…………」

「…………」

二人の間に沈黙が流れ、その間もずっと海の表情が変わらず、不意にスッと頭が冷めた。

遅ればせながらこの段階になってようやく状況を理解した彩人を支配したのはどうしようもない怒り。

ぐつぐつと煮えたぎり今にも爆発しそうな感情を無理矢理《むりやり》抑えつけた彩人はもう一度海に問いかける。

「何でこんなことしたんだ？」

「……街鐘さんの写真が撮りたかったから」

海から返ってきたのは彩人が想定していたもの。

しかし、心の何処《どこ》かでは間違いであってくれと願っていたものだった。

（お前ならって思っていたのに。何でこんなことするんだよ、海!!）

友人の撮ろうとしていたものが分かった瞬間、抑えていたものが爆発した。

両手で胸ぐらを摑み、思いっきり引っ張る。

何の抵抗もなく引っ張られたせいか、お互いの頭がぶつかるが彩人は気にならなかった。

「馬鹿野郎！　好きな子に隠れてそんなことすんな！　写真を撮りたいなら堂々と相手に言え馬鹿！　お前のしようとしていることは立派な犯罪なんだぞ!?」

「……」

自分のしようとしていたことが如何《いか》に悪いことなのか怒声混じりに伝える。

だが、海からの反応はない。

「おい返事をしろよ！　分かってんのか!?　お前は盗撮しようとしてたんだぞ！　莉里が気が付いていないのをいいことに！　このカメラで撮ろうとしたんだ！」

苛《いら》ついた彩人は、より顔を近づけ無理矢理目を合わせるともう一度責め立てる。

「……ごめんなさい」

少しの間が空き、海は震える唇を動かし、ようやっと謝罪の言葉を口にする。

だが、それでも彩人の熱は収まらない。

こんなもんじゃ言い足りない。

だから、彩人は思っていたことを海に一つずつぶつけていった。

「友達のお前なら莉里のこと任せられるって思ったのに」

「ごめんなさい」

「二人が仲良くなれるように。莉里に気取らせないように。色々考えて頑張ったのに」

「ごめんなさい」

「それなのにお前ら全然話しねぇじゃん。ふざけんなよ、マジで」

「ごめんなさい」

「好きならもっと積極的に動けよ」

「ごめんなさい」

「写真を撮りたいなら直接言えよ。アイツ冷たいけど、優しいから。何だかんだ許してくれたって」

「ごめんなさい」

「何で何で何で何で、何で!?　……こんなことしたんだよ海？」

思いの丈を全てぶつけ終えてその場に崩れ落ち、泣きながら友人の顔を見上げる。

「ごめんなざい。さいとぉ」

その時になって、友人が涙を流していることに気が付いた。

いつも無表情で、表情の変化が薄い海が珍しく顔を歪めて大粒の涙をいくつも流しながら、子供のように謝っている。
それだけで、彼が友人からの期待を裏切ったことを深く反省していることが分かった。
だけど、もう遅い。
行動を起こしてしまってからでは遅いのだ。
海がやったのは立派な犯罪未遂。
決して許されていいことではない。
然《しか》るべきところに連れていかれて。
然るべきところで裁きを受ける。
それが普通。当たり前のことだ。
だが、それをしたら海はどうなる？
おそらく、学校にはもう居られなくなるだろう。
未遂とは言え犯罪を起こそうとしていたのだ。
きっと腫れ物のように扱われる。
居づらくなって海はどこか別の高校に転校するだろう。
嫌だ。
それだけは嫌だ。
海は確かに間違えた。

人としていけないことをした。

大切な幼馴染に危害を加えようとした。

最低な奴《やつ》だ。

だけど、それでも、彩人にとって海は大切な友達だった。

最初は、ぶっきらぼうで気難しそうで何を考えているか分からなかった。けど、接していくうちに海の良さが段々と見えていった。

話し方が独特で面白い。意外とノリがいい。勉強が出来る。意外と抜けていて、買ったお汁粉と何日放置していたか分からないお汁粉を間違えて飲んで気絶する馬鹿。コインゲームが下手。だけど、リズムゲームは得意。写真を撮るのが得意。人には見えていないものが見える。意外と体力がある。友達想い。

こんなたくさん魅力を持っている海のことが彩人は好きだ。

また、一緒に馬鹿をやって。また、一緒に先生達から怒られる。

そんな高校生活をまだまだ続けていきたい。

だから、すぐ側に立っている幼馴染に彩人は泣きながら許しを請うた。

「りり、たのむ。こいつはおまえのことをとうさつしようとしたクズだけど。それでも、おれのたいせつなともだちだから。どうかゆるしてくれねぇかなぁ？」

と。

「……もう。そんな顔をして頼まれたら許すしかないじゃん」

月の光に照らされ、仕方がなさそうに笑う幼馴染は女神のようだった。

◇

（ずるいなぁ〜、本当）

友人を許してもらえて泣き崩れる幼馴染の姿を見て、莉里はそう思った。

あんな酷《ひど》い泣き顔で頼まれてしまえば莉里が断れるはずがない。

何故《なぜ》なら、許さなかったら莉里が彩人に恨まれるのだから。

それがいかに莉里にとって辛いことなのか分かっているのだろうか？

（無自覚なのが本当タチが悪い）

否《いや》、馬鹿な幼馴染《おさななじみ》のことだ。

きっと分からずにやっているに違いない。

どこまでも自分勝手。

打算も、計画もなにもない。

ただひたすらな自分勝手が、いつも莉里が考えもしなかった世界に塗り替えてくる。

そんな彩人だから、莉里はどうしようもないくらいに惹《ひ》かれてしまったのだ。

(明石君ってこんな顔が出来るんだ。知らなかった)

彩人と一緒に泣きじゃくっている海の顔を莉里は今日初めてちゃんと見た。

「ごめんなさい、ごめんなさい」

目が合うと、壊れた機械のように何度も何度も謝り出した。

相当罪悪感を感じているらしい。

莉里は一度目の人生で自分のことを襲ったストーカーがこんなにも幼い顔をしていて、子供のように泣けることを知らなかった。

あの時は暗く澱《よど》んでいて分からなかったが意外に彼の目は澄んでいて綺麗《きれい》なことも。

不気味で友達のいない変な奴だと思っていたけれど、友人のために涙を流せる心優しい少年だったことも。

莉里は知らなかった。

否、知ろうともしなかった。

何故《なぜ》なら、最初から無理だと決めつけて対話を拒絶したから。

話していれば、もっといい結末が描けたかもしれないのに。

「明石君。私はアナタのことが嫌い。大嫌い。盗撮とか人としてあり得ない。最低な人だけがすることだと思っている。だけど、彩人がどうしてもって言うから今回は特別に許してあげる。次に同じようなことをしたら問答無用で警察に突き出すから。覚悟してね」

だから、これは自分への罰だ。

トラウマに囚《とら》われて、より良い道を探そうとしなかった自分への戒め。

それに、今の海ならきっと友達を裏切るようなことは二度としないと思ったから。

何の根拠もないけれど、漠然とそう思った莉里は海を許すと、彼はくしゃくしゃな笑みを浮かべこう言った。

「なんだ。……僕なんかに撮れるはずなかったんだ」

その笑顔はまるで憑《つ》き物が取れたように、とても晴れやかだった。

事件が収束し、一件落着かに思えたが莉里の受難はまだ終わってはいなかった。

「な〜に、やってるんですか！　貴方《あなた》達は！　こんな深夜に大声出すなんて非常識でしょう！」

「あっ」

「やっべ」

「……わ、私関係ありません」

「そんなわけないでしょう。三人全員正座です」

彩人の怒声と海の謝罪は宿舎の方まで届いていたらしく、プリプリと怒った担任の智慧が三人の元に現れた。

こうなってしまっては言い逃れのしようもない。

半強制的に正座をさせられた三人は海が盗撮していたことはぼかしつつ、海と彩人がお互いにむかついたから喧嘩《けんか》をしていたと説明すると、高校生にもなって何やってるんですか⁉　と大激怒。

宿舎の外に出る以外に悪いことをしていないはずの莉里までこってり絞られた。

「ハァー、ハァー、もうこんなことしないでくださいよ。分かりましたか？」

「うっす。肝に銘じます」

「二度としません」

「もう勝手に外には出ません」

それから三人が解放されたのは空が白み出した頃。

生徒達が起床する一時間前だった。

三人の中では担任の智慧は怒らせるとヤバいという共通認識が生まれ、二度と彼女に逆らわないように決意した。

「あっ、待って？　街鐘さん」

「何かな？　明石君」

宿舎に戻る直前、突然海に呼び止められた莉里は足を止め振り向く。

本音を言えば、海のことは嫌いで話したくない。

でも、入学した当時に比べれば遥《はる》かにマシになっていて今は少しだけなら口をきいても良いかなとは思えるようになっている。

（何の用事だろう？）

そう思って首を捻《ひね》ると、海は申し訳なさそうな顔をして近づいてくると莉里にだけ聞こえる声量でこう言った。

「……学校で彩人と街鐘さんが一緒にいる時、写真を撮って良い？　好きな人と一緒にいる街鐘さんはキラキラしてて魅力的だから。許されるなら撮りたい」

「なっ⁉」

あんなことが先程あったのにもかかわらず、海からの話は彩人の友人らしい自分勝手なものだった。

どれだけ面《つら》の皮が厚いのかと驚く以上に、なんでバレているのかと狼狽《うろた》える。

「なっ……なっ⁉　何を言っているの明石君、私は彩人のことなんて好きじゃないから。いや、幼馴染としては好きだけど。とにかく、その違うから⁉」

「……そんなに否定しなくても。彩人と一緒にいる時だけ、凄いキラキラしてるから丸わかりだよ？」

莉里は必死に勘違いだと誤魔化《ごまか》すが、海の中では言い逃れの出来ないレベルのところまで来ていて手の施しようがなかった。

「……うぅ〜。…………私ってそんなに分かりやすいかな？」

「多分、僕が気が付いたのはたまたまだからきっと大丈夫。僕の目はちょっと特殊だから気が付けただけで。普通の人は多分無理」

「そっか」

素直に莉里は観念すると、そんなに分かりやすく顔に出ていたか尋ねる。

だが、今回バレたのは海が特殊だっただけで普通の人はまず気が付かないと聞いて胸を撫《な》で下ろした。

もし、隠しているつもりが全然隠せていませんでしたなんてなっていたら恥ずかし過ぎるから。

(彩人と私の写真か)

少し落ち着いたところで、莉里は海が莉里達のことを撮ることについてのデメリットとメリットを考える。

まず、デメリットから。

単純に海から写真を撮られるのが嫌だ。

海が撮った写真を見て、彩人を含む他の人にバレそうなのも嫌だ。

四六時中彩人とのやり取りを誰かに見られていると思うと嫌だ。

次にメリット。

彩人と莉里の思い出の写真がたくさん撮ってもらえる。以上。

パッと思い付く限りのデメリットとメリットを挙げていったが、どう考えても海の話を受け入れるメリットがない。

だが、愚かにも恋する乙女は思ってしまったのだ。

（……彩人の色んな写真欲しいなあ）

と。

好きな人の自分の知らないところまで全部見てみたい。

そんな子供じみた願望が生まれた時にはもう手遅れ。

莉里の中にある天秤《てんびん》が反対側に傾いてしまった。

「……学校にいる間だけなら撮っていいよ」

「本当!?　ありがとう」

条件付きで莉里が許可を出すと、嬉《うれ》しそうに顔を綻ばせる海。

彼が自分のことを撮るのを止《や》めるよう少し前まで躍起になっていたのに、気が付けば写真を撮ることを容認してしまっている。

今日の莉里は明らかにおかしい。

馬鹿だ。大馬鹿だ。

普通ならこんなこと絶対許さない。

そう頭では分かっているのに。

嫌な気分がしないのはきっと、どうしようもないくらいに自分が馬鹿な幼馴染に毒されているからなのだろう。

「彩人のばーかー！」

この事実を認めたくなかった莉里は、彩人に向けて罵倒を放つ。

「うわっ、急にどうした⁉ えっ、俺なんかした？」

「何となく言いたくなっただけ！」

突然幼馴染から罵倒され困惑する幼馴染に莉里は悪戯《いたずら》な笑みを浮かべると、女子のいる宿舎へ駆け足で戻る。

途中、パシャというシャッター音が聞こえたがそれを不快だとはもう思わなかった。

この日、街鐘莉里《メインヒロイン》が明石海《悪者》に襲われるという運命《シナリオ》は水無月彩人《イレギュラー》によって一部が白く塗り潰された。

だが、塗り潰されてしまったのなら新しく書けばいい。

生まれた空白を埋めるため、世界が新たに別の者の名をそこに書き加えたのだが、このことをまだ誰も知らない。

第8章　休日編

Ore no osananajimi ha Main heroine rashii

波乱の林間学校が終わった次の日。

土日を使って林間学校に行っていたため、今日はその代わりの振り替え休日。

午前九時を回っているのにもかかわらず、彩人《さいと》は未《いま》だに夢の中にいた。

「くかー」

それも致し方のないこと。

昨日は明石《あかし》の一件でバタバタとして精神的にかなり疲労していたことに加えて、帰る時にバスが渋滞に捕まって帰って来た時には夜の九時を過ぎてしまっていたのである。

そこから、夕飯を食べて、お風呂に入って、歯を磨いて、汚れたジャージをこっそり洗濯機に入れようとして母親に見つかり説教をされて、何やかんやとあって寝たのが一時過ぎ。いつもよりも寝る時間が二時間も遅かった。

生活リズムが狂ってしまうのは当然だろう。

ガチャ。

部屋のドアが開く。

その音に反応して、彩人の意識が浮上した。

（誰だ？）

重たい瞼《まぶた》を閉じたまま入室者について考える。

基本的に朝この部屋に入ってくる者は居ない。

何故《なぜ》なら、彩人が早起きで部屋の外にいることが多いから。

誰も居ない部屋に訪ねてくる者はいない。

それに、彩人が朝起きてこなくても基本的に放任主義な両親は学校がない日であれば放置だ。起こしになんてこない。

（父さんが漫画を取りに来たか。……いや、待てよ。父さん今日仕事じゃね？）

寝起きで動かない頭で、最近父親が彩人の部屋にある漫画を借りに来ていたことを思い出した。

だが、よくよく考えてみると今日は平日。

父親は仕事で外に出ていて家に居ない。

（じゃあ、誰だ？）

そんな疑問が浮かび上がり、彩人は目を開けた。

サファイアのような綺麗《きれい》な瞳と目が合う。

水無月《みなづき》家にはあるはずのない澄んだ瞳を前に、パチクリと彩人は瞬《まばた》きをした。

そんな彩人の様子が面白かったのか、サファイアの瞳を持つ少女は口元を綻ばせる。

「おはよう。彩人」

「おはよう。で、何で莉里《りり》がいんの？」

朝の挨拶を交わし何故《なぜ》幼馴染《おさななじみ》が自分の家にいるのか尋ねる。

彩人の覚えている限り昨日の夜、彼女から遊びに行くなんてメッセージは送られていなかったのだから当たり前だ。

すると、彼女は悪戯《いたずら》な顔を浮かべこう言った。

「何となく。気分で遊びに来ちゃった」

「何だよそれ」

今までこんなことが無かった彩人は納得がいかず唸《うな》ると、莉里は「ふふっ」と楽しそうに笑う。

この様子を見るに、おそらく彩人を驚かせるため突発的に行動したのだろう。

アポ無しで来られても普通は迷惑だが、母親の矢花《やばな》は莉里に特別甘い。

いきなり莉里が来たとしても、家事をほっぽり出して快く歓迎するだろう。

（暇な奴《やつ》だ）

心の中で幼馴染の行動に呆れながら、彩人は布団から抜け出す。

凝り固まった身体を解《ほぐ》すため、大きく伸びをするとぐぅーっと腹の虫が鳴った。

「とりあえず来てくれたのに悪いけど飯食って良いか？　寝起きで腹が減った」

「いいよ。急に押しかけた私が悪いんだし。いつも通りで」

「サンキュー」

せっかく来た幼馴染を放置してご飯を食べるのは忍びない。

心の奥底でほんのちょっぴりとだけそう思った彩人は、彼女が許してくれると知りながら一応確認を取る。

予想通り、莉里からオーケーが出たので彩人はリビングに置かれているであろう朝食を食べるため部屋を出た。

「いただきま〜す」

「はい、召し上がれ」

リビングに入ると、莉里を家に上げたであろう母親の姿が無かった。

買い物か何かに言ったのであろう。

いつもならば矢花が返事をするところを莉里が代わりに答えた。

「お前作ってねぇだろ」

「本当にそう思う？」

「えっ、もしかしてこのタコさんウインナーか味噌汁《みそしる》、ネギ入りだし巻き卵のどれか一つお前の？」

朝食を食べようとしたところで、莉里が意味深なことを言ってくるものだから思わず箸が止まった。

視線を下に向ければ、確かに今日は凝った料理が多い。

もしかしたら、一品莉里が作ったものがあるのではないかと彩人は吟味する。

「はい、嘘《うそ》で〜す。矢花さんが朝食を作る時間に電車動いてないから無理に決まってるでしょ」

「おまっ！　くそっ、揶揄《からか》ったなぁ〜！」

しかし、それは莉里の真っ赤な嘘。

実際は莉里の作った料理など何一つ無かった。

まんまと莉里に踊らされてしまった彩人は下唇を噛《か》む。

どうにかして、やり返せないかと考えているとリビングに置かれている家庭用ゲーム機が目についた。

（これだ！）

彩人の中で一つ案が浮かんだ。

目の前で余裕綽《よゆうしやくしやく》々の笑みを浮かべている幼馴染に一泡吹かせるための名案が。

「ごひょうひゃみゃ」

思い付いたのならば即実行。

朝食をあっという間に平らげると、彩人は食器を流し台に置きこう言った。

「よし、莉里。マリ○しようぜ！」

と。

「いいよ」

彩人が何を考えているのかも知らず莉里は呑気《のんき》に返事をする。

（馬鹿め、かかったな）

彩人は内心でほくそ笑むと、テレビを点《つ》けゲームを起動。

コントローラーを一つ渡すと、二人並んでソファに座ってテレビと向き合う。

『マ〜リ〜○〜カ〜エ〜イー！』

カーソルを動かしソフトを選択すると、ちょび髭《ひげ》のおじさんが熱烈なタイトルコールをした。

「とりま、百五十でいいか？」

「いいよ」

「罰ゲームいつも通り負けた方が相手の言うことを何でも聞くで」

「……いいよ」

設定を弄《いじ》りながら、いつものように罰ゲームを取り付けようとする彩人。

これに対して、彩人の表情から何かしら仕掛けてくるだろうと警戒していた莉里は拍子抜けしたような顔をする。

何故なら、彩人と莉里のこのゲームにおける戦績は五十八勝対五十九勝でほぼ五分五分だからだ。

何年もやっているおかげか実力、知識共に差がないため絶対相手に勝てるという保証はないのである。

それなのに罰ゲームを持ちかけてきた幼馴染はやはり馬鹿なのだろうか？

（と、思っているだろうなぁ）

しかし、ここまでの反応は彩人が想定した通りのもの。

作戦の本命はこの後のグランプリ選択にある。

「よし、じゃあ今日はウルトラマッシュグランプリで行くぞ。レーススタート」

「ウルトラマッシュ……って、このステージ私知らないんだけど！　今までこんなのなかったのにどういうこと⁉」

彩人がグランプリを選択し、レーススタートを押すと画面が切り替わり見慣れないステージが現れ、顔を驚愕《きようがく》に染める莉里。

そこに先程までの余裕はなく、本気で焦っていることが窺《うかが》えた。

あまりに理想的な反応をする莉里に思わず彩人は笑みを溢《こぼ》す。

「くはは、一週間前に五年ぶりの追加ダウンロードコンテンツが出て増えたんだよ。あっ、ちなみに俺は何回か走ってるから予習バッチリだぜ」

「ズルッ！」

そして、ついに種明かし。

最近出たばかりのステージで自分は何回も走っていることを伝えると、彼女は子供のように文句を言ってきた。

当たり前だろう。

フェアだと思っていた勝負が、実は莉里にとってアンフェアな勝負だったのだから。

しかし、これはきちんとネットで情報を集めていれば簡単に分かること。

情報収集を怠り、何の警戒もせず勝負を受けた莉里が悪いのである。

「ほらほら、そろそろ画面見ないとスタートダッシュミスるぞ」

「むかー！　余計なお世話です〜。初見のコースでも私が勝てるってところを見せてあげる」

「ハンッ、やってみろ。どうせ無理だと思うけどな」

自分のことを睨《にら》む幼馴染を揶揄えば、分かりやすく莉里のボルテージは上がった。

彼女の顔からは先程彩人を揶揄っていた時のような余裕は一切なく真剣そのもの。

見事、一泡吹かせることに成功したようだ。

彩人としてはこれだけで大変満足しているが、流石《さすが》に鼻からお菓子を食べさせられたくはないので真剣に相手をすることにした。

「なんで⁉　一周目右だったのに、二周目左に行くの意味わかんないよ！」

「そういうコースなんだ、諦めろ」

「何でそこに車走ってきてるの⁉　道路交通法違反だよ、それ」

「ゲームに法を求めんな」

「最終レース一位取ったら一億点で私の勝ちだよね⁉」

「駄目だ」

「そんなぁ〜⁉　じゃあ、私の負け確定しちゃったじゃん」

「ドンマイ」

蓋を開けてみれば、彩人の圧勝だった。

新コースは莉里が考えていた以上に複雑で、それに翻弄された結果である。

三コース目が終わった辺りで小学生みたいなことを言ってきたが、罰ゲームが懸かった試合で彩人が許すはずもなく普通に走って終わった。

「うーん？　罰ゲーム何すっかな？」

というわけで、罰ゲームタイムなのだが彩人は頭を悩ませていた。

「……自分から持ちかけておいて考えてなかったの？」

「いやぁ、考えてはいたんだがな。思いの外あっさり勝っちまったせいで、キツイのをやらせたら流石に可哀想《かわいそう》だろ」

横から突き刺さる視線が痛いが、原因はこの視線を向けてくる幼馴染にある。

彼女が鼻からお菓子を食べるという鬼のようなことをさせるというものだから、彩人もそれに対抗して用意していた。

けれど、勝負があまりに一方的なものとなったせいで興が削《そ》がれてしまったのである。

「そうなんだ。……ちなみに何を考えてたの？」

あまり酷《ひど》い目に遭わないと分かったからだろう。

好奇心から彩人が何をしようとしてたのか尋ねてくる莉里。

「丁度百味ビー○ズがあるからゲロ味と腐った卵味を一個ずつ食べるか、デスソースをスプーン一杯分飲んでもらおうかと思ってた」

「キツッ!?　一グランプリ負けただけでそれは流石にキツイよ」

「だよな」

素直に何をしようとしていたか答えると、やり過ぎだと返ってきた。

どっちを選んでも地獄なのだ。当たり前だろう。

これよりもマシな罰ゲームとなると肩たたきとかジュースを奢《おご》るとかなのだが、それでは面白味《おもしろみ》がない。

何か良い案がないかと考えていると、ふと彩人は洗面所で丁度良いものを見つけたのを思い出した。

「あっ、じゃあメイド服着るってのはどうだ？　昨日洗濯機に入ってるのを丁度見つけたんだよ」

深夜、ジャージを洗おうとして洗濯機を開けたらメイド服が入っていたのだ。

今までこんなものを見たことがなかった彩人は怪訝《けげん》そうな顔をしながらも、見なかったことにしてジャージを入れようとしたのを矢花に見つかって怒られたのである。

お気に入りの服を雑に扱われた矢花は大層おかんむりで、中々説教を止めてくれなくて大変だった。

「……矢花さんそういうことするんだ」

「この間ルーシィさんとコスプレ撮影してなんかハマったらしい」

「お母さん何やってんの〜⁉」

莉里の母親であるルーシィはプロカメラマンで、人に服を着させて撮影するのを何よりの楽しみとしている。

そんなルーシィの影響を母親が受けたというと、莉里は頭を抱えた。

まぁ、気持ちは分からないでもない。

矢花もルーシィも美人だが二人とも歳《とし》は四十近い。

いい年した母親がメイドのコスプレをしているという事実はくるものがある。

彩人も聞いた時は軽く引いた。

「多分洗濯機回してねぇから取ってくる。母さんちょっとお前より背低いくらいだし着れるだろ」

「自然な形で服を着せようとしているけど着ないからね！　話のインパクトが凄過ぎて言い忘れてただけで着ないから」

とはいえ、莉里はまだ十代。

別に着ていてもイタくはないので傷は浅くすむ。

そう思った彩人がメイド服を取りに行こうとすると、慌てて莉里が行く手を阻んできた。

「じゃあ、代わりにデスソース二杯か鼻くそ味と腐った卵味とゲロ味全部食えよ」

「………メイド服を着させていただきます」

だが、彩人としてはこれ以上何か別のものを考えるのは面倒くさい。

激辛と激マズの両方を食べるかメイド服を着るかの二択を突きつけてやれば、莉里は渋々メイド服を着ることを選んだ。

「なぁ、まだ終わんねぇの？」

メイド服に着替えるため莉里が洗面所に引っ込んでから十分が経《た》った頃。

一向に出てくる気配のない幼《おさな》馴染《なじみ》に彩人はまだ用意は終わらないのかと問いかけた。

「もうちょっとだけ待って。本当にちょっとだけでいいから」

扉越しにまだ終わっていないと言われたが、三分前くらいから物音が全くしていないことを彩人は知っている。

「そうは言ってもさ、結構時間経ってるぞ？　どうせ着替え終わってるんだろ。いい加減腹くくれよ。入るぞ」

「ちょっ待っ――」

このままだと一生出てこなさそうな雰囲気を感じ取った彩人は、強引に扉を開けた。

「なんだ、普通に似合ってんじゃん。お前好みの肌が露出しない系だし。清楚《せいそ》って感じがしてめっちゃいい。こんな似合っているのに何恥ずかしがってたんだよ？」

「〜〜!?」

洗面所に入るとそこにはクラシカルメイド姿の莉里が居て、恥ずかしがる必要性を感じないくらい似合っていた。

彩人が思ったことをそのままぶつけると、莉里は恥ずかしそうに顔を両手で隠し、洗面所の隅に蹲《うずくま》る。

「……こうなるのが分かってたからもう少し心の準備したかったのにぃ」

「なぁなぁ、写真撮っていいか？」

「絶対駄目！」

今後弄《いじ》るための材料になると思った彩人は写真を撮ってもいいか尋ねると、全力で拒否されてしまった。

「えぇ〜、じゃあメイドらしいことやってくれよ。紅茶入れるとか窓拭きとかケチャップでなんか書くとか」

「嫌だ！　罰ゲームはメイド服を着るところまででしょ。彩人のメイドになれって言われたわけじゃないんだからそこまではしません！」

ならば、代わりにメイドっぽいことをしてくれとお願いしてみたが、服を着るまでが罰ゲームと言われてしまい彩人は唸《うな》る。

「ケチだな〜。なら、せめて蹲ってないでこっち向けよ。俺一瞬しかマトモに莉里のメイド姿見てねぇぞ」

「それくらいならいいけど。後少し待って」

「へーい」

写真も駄目、メイドっぽいことも駄目となればいよいよもってすることがない。

彩人に許されていることは見るだけ。

しかしながら、今の状況ではマトモに見ることも出来ていない。

流石《さすが》にそれくらいはさせろと抗議すれば、莉里は仕方なしに頷《うなず》いた。

一分後、彼女の赤く染まっていた耳が元の綺麗《きれい》な白に戻りこちらを振り向く。

（異世界ファンタジーとかに出てきそうだな）

改めて、莉里のメイド服を見た彩人はそんなことを思った。

人並外れた容姿を持つ幼馴染は、漫画やアニメに出てくるメインヒロインのようで大変絵になる。

これを写真に収めることが出来ないのは本当に残念だ。

「じー」

「ねぇ、そろそろもういい？　恥ずかし過ぎて死にそうなんだけど」

「もうちょいだけ待て。絶対忘れないよう目に焼き付けているから」

「うぅ、何で私あの時勝負に乗っちゃったんだろう？　過去の自分が憎い」

写真を撮らない代わりに、この貴重な幼馴染の姿を忘れぬよう様々な角度で見つめていると、耐えきれなくなった莉里は顔を両手で覆った。

（今ならばいけるのでは？）

幼馴染の視界が閉ざされたのを見た瞬間、彩人の中にある悪戯心《いたずら》が顔を出した。

周りが見えていない今ならば写真を撮ってもバレないはずだ、と。

そんな心の声に従ってスマホを構えると、画面越しに莉里と目が合う。

「あっ、やっべ」

「さ〜い〜と。見えてるからね！　友達に盗撮はいけないって昨日言ったばかりなのに、何をしてるの彩人は！　出ていけ——！」

気が付いたが後の祭り。

憤怒の形相に顔を歪《ゆが》めた莉里によって、瞬く間に洗面所の外へ投げ飛ばされてしまった。

「ぐへっ⁉　久々とはいえめちゃくちゃ綺麗に決められちまった。やるな、アイツ」

「何してんのよ、彩人？」

廊下に倒れ込んだまま、呑気《のんき》に幼馴染の腕を褒めていると買い物から戻ってきた母親に冷ややかな目を向けられた。

その目は完全に息子へ向けてはならない犯罪者を見るような目をしている。

「あっ、違うんだ母さん！　莉里の裸を覗《のぞ》いたわけじゃなくて。罰ゲームで莉里が母さんの着ていたメイド服に着替えさせてたんだよ。裸と下着とかは見てねぇからな⁉」

状況証拠的に、脱衣所から男が投げ飛ばされたのを見たら誰だって覗きをしたと思うのは仕方がない。

母親が自分を冷めた目で見てきている理由を察した彩人は、必死に弁明した。

この扉の先で幼馴染がメイド服を着ていたのだと説明すると、彩人を見つめる矢花の目が変わった。

「えぇ！　莉里ちゃんが私のメイド服着たの⁉　めっちゃ見たいんだけど。彩人、アンタ一枚くらい写真撮ってないの？」

先程までの冷めたものとは打って変わり、興味に瞳を爛々《らんらん》と輝かせ倒れている息子の心配もせず写真を撮っていないのかと迫ってきた。

「したかったんだけどさ。スマホ取り出した瞬間、洗面所から閉め出されて無理だった」

「ッチ。使えない息子ね。ねぇ～、莉里ちゃん。絶対に写真撮らないから私にもメイド姿見せてくれないかな～おねが～い～？」

あまりの変わり身に彩人は驚きながらも、写真は撮れていないと説明すると本気の舌打ちを一つ。

扉に近づくと矢花は撫《な》で声で自分にも見せてくれと莉里に頼んだ。

「絶対に見せません！」

「ええ、みせてよ～莉里ちゃんの可愛《かわい》い姿みたいなぁ～。今月の彩人のお小遣いあげるから駄目？」

「お金を渡されても嫌です！」

だが、これ以上の羞恥に耐えられない莉里は当然拒否。

お金を積まれてもそれは揺るがなかった。

「そんなぁ～！」

「勝手に息子のお小遣いを使おうとすんなよクソババア」

莉里のメイド服姿を拝むことが出来なくて絶望する矢花。

そんな矢花を彩人が呆《あき》れ顔《がお》で罵倒すると、元ヤンキーの母親から鋭い視線が飛んできた。

「あん！　彩人、今なんて言った⁉」

「人の金に勝手に使おうとしてんじゃねぇって言ったんだよ！」

「私が怒ってるのはその後よ。まだ三十代のレディにクソババア⁉　教育がまだまだ足りてなかったようね、正座なさい」

「嫌だね。人の金を勝手に使うような母親はクソババアがお似合いだ！」

いつもは自分が悪いことが多いため、怯《ひる》んでいたがお生憎《あいにく》様今回に限ってはあちらに非がある。

彩人は真正面からそれを受け止めると、母親へ思いっきり噛みついた。

それから二人は取っ組み合いを開始。

「母さんが悪い！」

「彩人が悪い！」

「ばか！」

「アホ！」

「ざこ！」

「カス！」

親子似た者同士、幼稚園児レベルの暴言をマシンガンのような速度でひたすらにぶつけ合い、莉里が服を着替えてそっとドアの外を覗いた時には――

「ゼェハァ」

「ハァハァ」

――罵倒するのに疲れてその場にへたり込んでいて、莉里はそんな二人の姿を見て相変わらずだなと苦笑いを浮かべるのだった。

◇

「はぁ、私も莉里ちゃんのメイド姿見たかったなぁ～」

「何度言われても絶対に着ませんからね」

お昼ご飯の手伝いをしていると、隣でレタスを切っている矢花がメイド服を見たかったと心底悔しそうに呟《つぶや》いた。

だが、莉里からすればあんな恥ずかしい思いをするのはごめんだ。

絶対に着ることはないとハッキリ宣言した。

「彩人には見せたのに～?」

「あれは罰ゲームですから。特別です」

息子には見せたのなら親に見せても良いではないかと言わんばかりに、不満マシマシの目を向けられるが莉里は動じない。

　あれは罰ゲームで仕方なくやったことだと強調する。

「そっか～残念。本当に彩人だけ見られるとかずる過ぎるわ。あっ、ねね、じゃこの後私とゲームしない？　罰ゲームをかけて。私が勝ったらメイド服を着てよ」

「受けても私にメリット無いじゃないですか？　それ」

「莉里ちゃんが勝ったら何でも言うこと聞くから。お願い⁉」

「……何でも」

　だが、どうしてもメイド服姿が諦めきれない矢花は彩人と同じように罰ゲームをかけてゲームをしようと持ちかけてきた。

　話を聞いてすぐは自分だけリスクマッチで不公平だと思っていたが、矢花が何でも言うことを聞くと言ったところで風向きが変わる。

　莉里は深く悩み込んだ後、矢花が負けたらとあることをしてくれるのなら良いと答えた。

「えっ、そんなことでいいの？　いいよ、じゃあ早速やろ」

「火止めてからにしてください、危ないですよ」

　矢花はそんな簡単なことで良いのかと意外そうに目を丸めたが、そんなことで良いならと快諾。メイド服姿を見たい欲求が抑えきれず莉里をテレビの前に引っ張っていく。

　莉里はそんな矢花に呆れながら、火を止めると本当にこの家族は似ているなと思った。

幕間

とある男の慟哭

Ore no osananajimi ha Main heroine rashii

ずっと後悔していた。

――あの日何故《なぜ》自分はあんなことをしてしまったのか？

――あの日何故自分は彼女のことを追いかけなかったのか？

と、誰も居なくなった部屋で一人いつも後悔していた。

大切な人だった。

ずっとずっと守っていきたいと思っていた。

何故なら、彼女は弱く脆《もろ》いから。儚《はかな》く今にも消えてしまいそうな彼女が本当に消えてしまわないようにずっとずっと側に居ようと心に決めたのに。

優柔不断な自分は見捨てることが出来なかった。

憔悴《しょうすい》し、彼女と同じように今にも消えてしまいそうな後輩の手を振り払うことが。

そのせいで、彼女は傷つき本当に姿を消した。

電話も、メッセージアプリもメールも全部使ったが反応なし。

あるのはツーツーという無機質な音のみ。

それに深く絶望した時、気が付けば高校時代にまで時が戻っていた。

彼女と出会った入学式の日まで。

時が巻き戻っていたのだ。

奇跡が起きたのである。

まるで、神様が今度こそ彼女を悲しませるのではないぞと言っているかのように。

今度こそ彼女を幸せにしてみせる、そう決意したのに。

(僕は今何をしているのだろうか?)

帰り道、隣にいる幼馴染《おさななじみ》を見てそんなことを思った。

幼馴染の顔は先程までの辛そうな顔から一変。

お気に入りのキーホルダーが見つかって本当に嬉《うれ》しそうだ。

それは良い。

幼馴染が嬉しそうにしているのはとても良いことである。

だが、問題なのは嬉しそうにしている相手が彼女ではなく幼馴染だということ。

彼女を幸せにすると言っておきながら、一度目の人生と同じように知り合いが困っていたら助けてしまう。

何故なら、自分はその問題を解決するための方法を知っているから。

それを知っていながら、見過ごすことなど自分にはどうしても出来なかったのである。

ただ一人を幸せにすることを願っていながら、他の人が幸せになれないのも見過ごせない。

そんな自分が嫌で嫌でたまらなかった。

（お願いだ。早くあの日になってくれ）

だから、願った。

彼女との関わりを持つことになるあの日が来ることを。

そうすれば、きっと今度こそ自分は彼女のことを選ぶことが出来るはずだから。

第9章 お弁当

Ore no osananajimi ha Main heroine rashii

二日間の休日が明け、学校が始まった。

といっても、月火が休みだったので学校に行くのは一週間のうち三日だけだが。

本来休み明けには絶対持っているはずのない体操着が詰まったナップザックを持っていることに物凄《ものすご》い違和感を覚える。

それが実は他にもあって、今日は幼馴染の持ち物が一つ多いのだ。

体操服を持ってきているので当たり前だろうと思うかもしれないが、そうではない。

体操服を入れているバッグに加えて、もう一つ謎の小さな手さげを持っているのである。

今日は林間学校明けなのもあって、特別な授業は何もない平常運転で、何かを追加で持ってくる必要などないはずなのにだ。

自分が何かを忘れているだけかと思ったが、そんなことはない。

先程、友人の海《かい》と春樹《はるき》に何か今日特別持っていくものがあるか尋ねて、何もないと返事を貰《もら》っているからだ。

つまり、莉里《りり》が何故手さげを持ってきているのかは完全に謎。

気になる。

気が付いてしまったからには、確かめたくなる性分な彩人《さいと》は莉里の側によるとそっと耳打ちした。

「なぁ、その手さげなんなんだ？」

と。

「ひぅ！」

すると、莉里から奇声が漏れバッと耳を隠し距離を取られた。

（そんなに驚くことか？）

過敏な反応を取る幼馴染に、電車内なんだから耳打ちするくらい当たり前だろうと彩人は呆《あき》れた。

「で、その手に持っている奴《やつ》なんなんだ？」

「お弁当」

今度は驚かさないように真正面から近づき問いかければ、簡潔に三文字で手さげの中身を教えてくれた。

（あぁ、これ保冷バッグなのか）

それにより、彩人の中にあった疑問が消えた。

どうやら彼女が持っている手さげは弁当を暑さから守るための保冷バッグだったらしい。

たしかに、最近は入学式の頃に比べ暖かくなっている。

食べ物によっては傷むのが早くなっている物もあるだろう。

それを防ぐための対策のようだ。

単純な彩人はお弁当と保冷剤を袋に詰めて持ってきているだけなので、明日から保冷バッグと一緒に持って来ようと呑気《のんき》に納得してしまった。

莉里の持っている手さげが通学鞄《かばん》に入るサイズなのにもかかわらず、あえて手に持っているのが何故なのかよくよく考えれば分かることなのに。

彩人はその意味に気が付かぬまま、いつものように電車に揺られて駅に着くのを待つのだった。

「なぁ、今あそこ修羅場ってるんだって？」

「しかも、修羅場ってるのが我が校が誇る五大天使の二人で、冴《さ》えない顔をした男を取り合ってるんだと」

「マジか!? めっちゃ面白そうじゃん。見にいこうぜ」

「なんか騒がしいな」

「何なんだろうね？」

学校に着くと、ガヤガヤと校舎全体が騒がしく彩人と莉里は何事だと揃《そろ》って首を傾《かし》げた。

下駄箱《げたばこ》に靴をしまい、上履きに履き替えて自分達の教室を目指して歩いていると、教室に近づくにつれて人の数が増えていく。

最終的に教室に着く頃には、教室の前が人で溢《あふ》れかえっており大変なことになっていた。

彩人がどういうことだ？　と驚いてる横で、人生二周目の莉里は原因が分かりついに始まったのかと苦々しそうに顔を歪《ゆが》める。

人並みを掻《か》き分け、何とか教室のドアに辿《たど》り着いたところで、彩人は観衆達が何に注目していたのかを理解した。

「春樹は今日は瑞樹《みずき》とご飯を食べる約束をしていたのです！　帰るのです！」

「でーすーかーら!?　そんな約束が無いことは昨日お誘いした時に確認しています。だから、引くのはそちらです」

「痛い、痛い二人とも腕がもげちゃうよ」

人垣の中、ポッカリと空いた空間で莉里と同じレベルの美少女達がバチバチと火花を散らし、友人を取り合っているのだ。

その光景はまさに修羅場。

ゴシップ好きの高校生が集まってくるのも納得が出来た。

「あっ、彩人君！　た、助けて!?」

冷静に状況を分析していると、渦中にいる友人と目が合い応援の要請を受けた。

「悪い、俺じゃ無理みたいだ。頑張ってくれよモテ男」

友人の頼みとあらばやぶさかではないが、正面から来る二つの視線から邪魔をするなと威嚇されてしまえば流石《さすが》の彩人も割って入ることは出来ない。

「この薄情者――――!!」

申し訳なさそうに彩人は視線を逸《そ》らし、教室に入ると後ろから友人の悲痛な叫び声が聞こえてきたがあえて無視した。

あれは美少女達から好意を持たれていることの、謂《い》わば定めのようなもの。彩人にはどうすることも出来ない。

「なむ」

「なむ」

せめてもの冥福を祈り、教室を入ってすぐの席にいる海と一緒に手を合わせた。

「で、あれは何がどうなってあぁなったんだ?」

冗談はこれくらいにしておいて、野次馬《やじうま》達の情報では信憑性《しんぴょうせい》がないと思った彩人は、クラスメイトで割と早い時間にいて何があったか知っていそうな海に何があったのか尋ねた。

「説明しよう。あれは遡ること数千年前――」

「戻り過ぎ戻り過ぎ。手短かに頼むぜ」

「——春樹がいつも飯食っている幼馴染を放っておいて、他の女と昼飯を食べる約束をした。以上」

「なるほど。それは連絡をしていなかった春樹が悪いな」

「ギルティ」

人類の起源くらいから語り始めそうだったので、海の頭をこづいて早送り。

適当なところで手を離すと、簡潔に何があったかを説明してくれた。

それを聞いた上での彩人の判決《ジャッジ》は有罪。

春樹のミスでダブルブッキングが起きてしまったのだから、それは連絡を怠った春樹が悪いのである。

修羅場なのは当然のことだった。

(でも、ハーレム主人公みたいな奴って現実にいるんだな)

彩人は鞄に荷物を置きそんなことを考える。

正直、あの光景を見るまでは現実に典型的なハーレム主人公なんて居ないと思っていた。

女に複数囲まれているのは、チャラチャラとしたタイプの人間かテレビで俳優を務めるイケメンくらい。

それが彩人の中の認識だったが、友人の春樹を見て考えが変わった。

春樹は顔は童顔で整っており可愛《かわい》らしい顔をしているが、テレビに出てくる俳優達と比べれば二段か三段ほど見劣るし、格好もチャラついておらず、前髪がちょっと長いのを除けば模範的な格好をしている。

容姿に関しては平凡でも美少女達にチヤホヤされることがあるんだと、彩人は学んだ。

勿論《もちろん》、誰でもと言うわけではなく春樹のように面倒見がよく、どんな状況でも困っている人を放っておけない性格という但書は付くが。

(俺には無理だな)

人並みにモテたいという願望は彩人にもある。

だが、複数人を相手に出来るかと言われれば当然NO。

複数人の機嫌を取り続けるなんて器用なことは彩人には無理だ。

女の子一人相手でさえ、たまに地雷を踏み抜いて雷を落とされるのだから。

複数人なんて相手にしたら雷が落ちまくって全身丸こげだ。

灰になって消えていく自分の姿を想像して、ぶるりと彩人は背筋を震わせたところでチャイムが鳴った。

「はーい、皆さん朝のSHRの時間ですよー!　教室に戻ってくださーい」

野次馬達はそれを聞いても、未《いま》だ収集のつかぬ修羅場を名残惜しそうに見ていたが、新任とは思えぬ智慧《ちえ》の一喝により、蜘蛛《くも》の子を散らすように自分達の教室へ戻っていった。

（すげぇー）

彩人はそんな智慧に尊敬の眼差《まなざ》しを向けていると、騒動の当事者だった春樹と瑞樹が教室に帰ってくる。

（すげえー、腕が残っている）

担任だけでなく、無事五体満足で帰ってきた友人にも彩人は尊敬の眼差しを向けるのだった。

それから、休憩時間になる度に生徒会に所属している白百合小雪《しらゆりこゆき》という先輩がやって来て、春樹を巡ってバトっていた以外は平穏に時間が進み、ついに問題の昼休みがやってきた。

何故《なぜ》問題かと問われれば、まだ春樹が小雪と瑞樹のどちらと昼を共にするのか決まってないからである。

そう、休み時間毎《ごと》に話し合っているのにもかかわらず、両者が頑固なせいで良い落とし所を見つけられていないのだ。

最初は、友人があたふたしている姿を見るのは楽しかった。

だが、それが何回も繰り返されれば楽しさよりもいい加減早く決めろやという友人への苛立《いらだ》ちの方が勝る。

「瑞樹です！」

「私《わたくし》です！」

「ああ〜、もうメンドクセェ。じゃんけんで決めよう！」

誰もが二人の圧によって言えないでいる中、我慢の限界を迎えた彩人は二人の間に割って入った。

「彩人邪魔するなです」

「そうです。部外者は引っ込んでいてください」

「部外者じゃねぇよ！　人の教室でピーピー騒ぎやがってこっちはうんざりしてんだよ。ガキじゃねえんだからよ。マジではよ決めろよお前ら！」

「……それは先輩が引かないですから」

「……瑞樹さんが引かないから」

美少女二人から物凄《ものすご》い形相で睨まれたが、苛立ちマックスの彩人は怯《ひる》まない。

二人に向かって彩人は説教をすると、流石の二人も長引かせていることに負い目を感じているのか、気まずそうに目を逸らしそれでもなお、相手が悪いと言い張る。

「俺に勝った方が春樹と飯だ。じゃんけんぽん！」

これは長引きそうだと思った彩人は無理矢理《むりやり》にじゃんけんを開始。

瑞樹と小雪は慌てて反応し急いで手を出す。

彩人がパー。

瑞樹がチョキ。

小雪はグーで結果は瑞樹の勝利。

「やったです！」

「そんなぁ～」

瑞樹はチョキを空高くに突き出し歓喜の声を上げ、小雪は自分のガッチリと握られた拳を見て泣き崩れていた。

「はい、というわけで今日は瑞樹が春樹と飯だ。明日は知らん。春樹お前がちゃんと調整しろよ」

「あっ、うん。ありがとう彩人君」

「じゃあな。これでようやく飯が食えるぜ――って弁当が無い？」

勝者と敗者が決まったところで、彩人はその場を上手《うま》くまとめると自分の席に戻ったが、出していたはずの弁当箱が見当たらない。

「今日は一緒に食べよう、彩人」

「別にいいけど、ちょっと待ってくれ。俺の弁当が」

キョロキョロと辺りを見渡し探していると、莉里がお昼を一緒に食べようと誘ってきた。

ここ最近は朱李《しゆり》やミナカと食べていたのに珍しい。

せっかくの機会だ。

彩人としても一緒に食べたいのだがいかんせんお弁当が見当たらない。

「それなら私が持っているから大丈夫だよ。だから、さっさと屋上に行こ？」

「そうなのか？　驚かせんなよ、マジで。今日昼飯抜きだと思ったじゃねえか」

「ふふっ、彩人の焦っているところ見たくって。焦った？」

「めっちゃ焦ったわ馬鹿」

お弁当が無くて焦っていると、莉里がお弁当を持っていると聞いて彩人は胸を撫《な》で下ろした。

どうやら、彩人を揶揄《からか》うためにわざと隠したらしい。

意地の悪いことをする幼馴染《おさななじみ》に文句を言いつつ、二人は屋上へ移動した。

昼の屋上は生徒達の憩いのスペースとして人気な割に、今日は人が少なかった。

おそらくだが、瑞樹と小雪の修羅場が気になって教室の方に人が集まっているからだろう。

彩人と莉里は普段ならば空いていない日陰の場所に腰を下ろした。

「はい、これ彩人の分」

「えっ、これ？　俺の弁当じゃなくね。どういうことだ？」

今日は休み時間が騒がしく、変なカロリーを使った彩人の腹はぺこぺこ。

早速、莉里から受け取ったお弁当を開けたところで固まった。

お弁当の中身が違うのだ。

今朝は昨日の残りものの詰め合わせで、野菜炒《いた》めとカニカマのはず。

だが、今手に持っているお弁当には卵焼きとハンバーグ。コールスローにタコさんウィンナーとリンゴが入っており大変色鮮やかだ。

こんなのは彩人のお弁当ではない。

「アハハッ、本当良い反応をするよね彩人って。驚かしがいがあるよ」

一体どういうことだと、莉里に視線を向ければ莉里は耐えきれないとばかりに笑い出す。

そして、ひとしきり笑い終えたところでお弁当を作ってきた経緯を語り始めた。

「昨日、朱李ちゃんとミナカちゃんと料理の話になってね。料理が得意って話をしたら物《もの》凄《すご》い勢いで食いつかれたの。ぜひ、食べてみたいって。でも、最近料理なんてあんまりしてなかったから上手く出来るか不安で。そこで思い出したの。私の料理を食べてくれる都合の良いモルモ……人がいることを」

「おい、莉里。言い直してもどっちみち酷《ひど》いぞ」

要約すると友達に手料理を振る舞うのが心配だから、一旦幼馴染の彩人に味見をして欲しいとのこと。

モルモットとかいう不吉なワードが半分くらい飛び出してきたため、物凄く不安だが友人達に振る舞うことを想定しているなら変なものは入っていないだろう。

そう頭で分かっているのだが、この幼馴染のことだ、何があるのか分からない。

ゴクリ。

無意識のうちに喉を鳴らすと、彩人は意を決したように好物のハンバーグを口にする。

「……美味《うま》い」

食べてみた感想は、普通に美味《おい》しかった。

デスソースなんて奇抜なものは練り込まれておらず、噛《か》む度に肉の甘みが感じられる良いハンバーグだった。

評価をつけるなら五点中五点。

最高の出来栄え。

彩人が素直な感想を口にすると、莉里は嬉《うれ》しそうに緩んだ顔をした。

(な、なんだ⁉　その笑みは)

だが、この時の彩人には純粋に喜んでいるだけなのに、どこか含みがあるように見えてしまって。

何かヤバい物が紛れていると勘違いし、ビクビクしながらお弁当を少しずつ食べ進める。

コールスローは程よく酸味があって美味しく、卵焼きも彩人の好きなだし巻きでまるで家の卵焼きを食べているようで最高だった。

タコさんウィンナーとリンゴはカットするだけで、そのまま使っているので特別味の変化があるわけでなかったがカリカリと焼かれていたり、蜜の多いところを選んで切っていたりと所々に莉里の気遣いが感じられて良かった。

「……ご馳走様《ちそうさま》。めっちゃ美味かった。これなら八雲《やくも》達に出しても問題ねぇぜ」

「はい、お粗末様。良かった～。ちょっとだけ美味しくないって言われるかと思って心配してたんだよね。」

総評としては大変美味。十点中十点の完璧なお弁当で大変満足した。

友人に出しても問題ないと太鼓判を押すと、莉里はホッと安堵《あんど》の息を吐き嬉しそうに顔を綻ばせた。

(ん？)

その瞬間、ふと背後に違和感を覚えた。

彩人は咄嗟《とっさ》に後ろを振り向いたが、誰もいない。

彩人は気のせいだったかと首を傾《かし》げた。

「急に後ろ振り向いてどうしたの？」

「いや、誰かに見られているような気がして。まぁ、でも、気のせいだったみたいだ」

「もしかして、明石《あかし》君かな？」

何の前触れもなく急に後ろを振り向いたのが不自然だったからか、莉里からどうしたのかと尋ねられた。

特に誤魔化《ごまか》すことでもないので、彩人は素直に誰かに見られている気がしたと打ち明ければ、つい先日やらかしたばかりの友人の名前が真っ先に挙げられる。

「いや、あいつは今日写真部の部長に呼ばれて部室にいるはず」

だが、彩人は即座にそれを否定した。

海は気分屋でたまに何処《どこ》にいるか分からなくなる時はあるが、今日は居場所がハッキリしている。

何でも今日は写真を現像する日らしく、海は部長に呼び出されて面倒だとぼやいていたので間違いないだろう。

「じゃあ、幽霊とか？」

「かもな」

となれば、もう幽霊などのミステリアスな存在になるのだが現実にそんなものが存在するはずがない。

彩人と莉里は顔を見合わせ笑みを浮かべる。

「なぁ、そういえば俺が持ってきた弁当どうなったんだ？」

「キチンと持ってるよ。彩人が食べ終わったところで出そうと思ってたの」

「そうか。じゃあ、くれよ。正直に言っていつも弁当一個だと物足りなくてさ。それ食えば今日は珍しく満足出来そうだ」

「結構多めに作ったんだけどな。はい、これ。まぁ、彩人が普段食べる量を考えたら確かにお弁当だけは少ないもんね」

「そうそう、デカめに作ってもらうよう頼んでるんだけどな。家にデカい弁当箱がないから泣く泣く帰りにコンビニでパンとか肉まんとか買って腹を満たしてる」

誰かが見ているという話題からお弁当の話に戻った。

彩人が莉里が隠していた母親のお弁当を返してもらうと、久々にお腹《なか》一杯になれると喜べば、まだ入るのかと莉里は少々引いた。

だが、休日に彩人が食べていたご飯の量を思い出したのかすぐに納得。

実は腹を満たすために買い食いをしていたと彩人は打ち明けた。

「……ッ」

それを聞いた莉里が僅かに口を開き、何かを呟《つぶや》こうとしたが声にはならず風に流れて消えていった。

(何言おうとしてたんだコイツ？)

幼馴染の不可解な行動に彩人は疑問を覚えたが、それだけでは何を言おうとしていたかなんて分からない。

考えるのを早々に放棄し、彩人は二つ目のお弁当を食べ始める。

「お前の弁当の方が美味いな。また、モルモットでもいいからなんか食わせてくれよ」

「〜〜⁉」

そして、気が付いたのだが母親が用意してくれた物よりも、幼馴染の作ってくれた弁当の方が彩人の好みだった。

長年彩人にご飯を作ってくれていた矢花《やばな》よりも、莉里の方が好みに近いのは謎だが。

食べてみて素直にそう思ったのである。

だから、彩人はそれを伝えると幼馴染は両手を覆って顔を隠してしまった。

手の隙間から僅かに見える肌が赤く染まっていることから、照れているのだろう。

お弁当を褒められたくらいで大袈裟《おおげさ》だなと彩人は思いながら、野菜炒めを口にした。

まさか、自分の放ったこの一言が相手のハートにクリーンヒットしているとは知らずに。


次の日。

「はい、これお弁当」

「えっ、まじ⁉　今日もくれんの⁉　サンキュー！」

通学の途中、いつものように駅のホームで莉里と合流すると彼女からお弁当の入った手さげを渡された。

「二人からリクエストされた料理が思いのほか多くてね。それを全部作るまでは、そのモすればお弁当が食べられるなら全く気にならない。

ナチュラルにモルモット宣言されたが、昨日の時点でガッツリ胃袋を摑《つか》まれた彩人から
「何だその男心が分かっている料理達は。八雲とミナカのどっちか絶対前世男だろ」

「唐揚げと回鍋肉《ホイコーロー》。後は昨日とほぼ同じ」

「お前の飯食えるんだったら何だっていいぜ。今日の献立は？」

ルモットになってよ」


莉里から今日のお弁当の中身を聞いて、美味《うま》そうだと子供のようにはしゃいだ。

こうして、彩人は莉里から毎日味見という体でお弁当をもらう関係が始まった。


「彩人君。今日もじゃんけんをお願いしていいかな」

だが、良いこともあれば当然悪いこともある。

学校に着くと、昨日同様に瑞樹と小雪が春樹とのお昼を巡って修羅場っていた。

何やってんだと思いながら、スルーして迎えた次の休憩時間。

春樹が今日もじゃんけんをしてくれと頼んできた。

「は？　昨日ちゃんと決めろって言ったよな」

「そうなんだけど。二人からの圧力がすごくて。断ったら何されるか分からないんだよ。

だから、お願い。彩人君には僕が誰とお昼を食べるのを決めるためのじゃんけん係になっ

てくれないかな」

昨日ちゃんと決めるように釘《くぎ》を刺しておいたのにもかかわらず、何故《なぜ》相手を決めなかったのかと彩人は春樹にキレ気味に理由を問うと、二人からの猛プッシュが凄《すご》いこと。断ったら何をするか分かっているのという脅しの文言が送られてきていることを春樹は語った。

「嫌だよ。お前がじゃんけんすればいいだろ」

「いやぁ、なんかそれは適当に決めてるみたいで不誠実じゃない？」

「変なところで真面目だな、おい」

「お願いだよ彩人君。君だけが頼りなんだ！」

「ッチ、今日だけだぞ」

「ありがとう！」

彩人としては仮に脅されていたとしてもキチンと決めなければいけないと思うし、わざわざ自分がじゃんけんをする必要はないと断る。

しかしながら、春樹は諦めなかった。

彩人の足に抱きつき真剣な顔で懇願してくる。

そんな春樹のことを不憫《ふびん》に思った彩人は、しぶしぶじゃんけん役を今日も引き受け、以降春樹のハーレムじゃんけんを担当することとなった。

最終章

あなたのメインヒロインになりたい

Ore no osananajimi ha Main heroine rashii

妙に視線を感じる。

そう思うようになったのは、一週間前のことだ。

莉里《りり》と屋上で弁当を食べたあの日から視線を向けられていると感じることが増えた。

だが、視線を感じ取って後ろを向くも人の姿はないか逆に多過ぎるかで正体は分からない。

あまりにも分からないものだから数日前から本気で幽霊にでも取り憑《つ》かれたのかと彩人《さいと》は思うようになった。

それからネットで色々調べて、悪霊を祓《はら》うためのことをしてみたが効果はなし。

一向に減る気配がない。

「それだ！」

「えっ？　な、なにが？」

今日も何か悪霊を祓うため良い方法が無いかと休憩時間に悩んでいると、幼《おさな》馴染《なじみ》が本を読んでいるのを見て閃《ひらめ》いた。

（そうだ、図書室に行こう）

と。

一度授業で入ったから覚えているが、聖羅《せいら》高校は校内やグラウンドだけでなく図書室も広い。

本の蔵書数は十万冊と図書館レベルだと聞いた、それならば一つや二つくらい除霊をするための本が見つかるだろう。

「そういうわけだから、今日の放課後は先に帰っててくれ」

「どういうわけか全く分からないんだけど？」

理解が追いついていない幼馴染に彩人は一方的にそう言い放ち、放課後は一人で調べ物をすることにした。


時は流れて放課後。

彩人は予定通り図書室にやって来た。

「うへぇ～。マジで多いな。とりあえず昔の本はっと」

「キャッ」

入ってすぐ十万冊の圧力に気圧《けお》されたが、本気で悩んでいる彩人は気合いを入れて霊に関する本を探していると、とある少女とぶつかった。

「悪い。神崎《かんざき》。大丈夫か？」

「別に大丈夫よ」

ぶつかったのは、莉里の友人である神崎。

特に何かをしたわけでもないのに嫌われており、尻餅をついている彼女に手を差し出したが当然スルー。

ミナカは一人で立ち上がると、パンパンとスカートについたゴミをはたいた。

「珍しいわね。バカ月がいるなんて。明日は槍《やり》でも降るのかしら？」

「……別に俺が図書室来たからって槍は降らねぇよ」

「冗談よ。マトモに受け取るんじゃないわよ。これだからバカ月は。で、何しに来たの？」

「霊を祓う系の本を探しに来た」

「霊？」

嫌味《いやみ》を一つぶつけられた後、何をしているのかと聞かれた彩人は素直に霊を祓うための本を探していると答える。

すると、ミナカは彩人が本を探している意味が分からず首を傾《かし》げた。

「……呪術〇戦とかの漫画の類はここには無いわよ」

「そういうんじゃねぇよ!?　真面目に俺は霊を祓うための本を探してるんだ」

「シッ、図書室なんだから。声を荒らげないの」

「す、すまん」

長考の末、ミナカが辿《たど》り着いたのは彩人が最近流行《はや》りの悪霊を祓う漫画を探しているという結論らしい。

真面目な顔でここには漫画はないと言うミナカに、彩人はちゃんとした本を探しているとツッコんだ。

が、その時の声量が大きかったため怖い顔で注意され彩人は素直に謝った。

「で、一体どういう経緯で悪霊を祓う本を探そうと思ったの？　あんなオカルト存在するわけないんだから」

「実は――」

落ち着いたところで、ミナカは何故《なぜ》彩人にその本を探しているのかと経緯を教えろと促す。

彩人はミナカの言われるがままに最近やたら視線を感じること、振り返ってみても分からないこと、だから、霊に取り憑かれていると判断したことを打ち明けた。それを全部聞いたミナカの反応は呆れ。

本物の馬鹿を見るような目を彩人に向けていた。

「誰かにストーキングされているだけよ。霊なんかじゃないわ」

「でも、駅のホームとか隠れるところなくねぇか？」

「本当に何も無いところならね。自販機の横にピッタリ張り付けば角度によっては姿は見えないし、階段から覗《のぞ》いていた場合は見えないわよ」

「た、たしかに。天才かお前」

「……こんなので天才とか言われても全然嬉しくないわ」

ミナカの話を聞いてそれは盲点だったと彩人が褒めれば、彼女は不服そうな顔をした。

それを見た後に、気が付いた。これを褒めるということはストーキングの才能があると言っているようなものだと。

確かに嬉しくないだろう。

彩人は言葉選びをミスしたと後悔した。

「まぁ、心当たりがあるということはストーキングで間違いないでしょう。一応確認なんだけど、視線を感じる時に莉里ちゃんと一緒にいる？」

相手が悪霊ではなくストーキングだとハッキリしたところで、ミナカは莉里も一緒にいる時に感じるのかと確認する。

「そういえば視線を感じる時は大体一緒にいたな」

たしかに視線を感じる時は莉里が一緒にいた。

が、莉里に一度視線を感じるかと尋ねたら全く感じないと言っていたので、おそらく莉里を相手にしたものではないと思われる。

「なるほど。なら、もうすぐ——ッ⁉」

「もうすぐ？」

何か言おうとしたところが途中で何かに気が付いたように口を押さえた。

ミナカはそれを聞くと何やら納得したご様子。

まるで、言ってはいけないことを言おうとしていたという顔をするミナカに、彩人は何を言うつもりだったのかと促す。

「いいえ、何でもないわ。まぁ、ストーキングに困っているんなら警察に行くことをオススメするわ」

が、そう簡単に乗ってくれるはずもなくはぐらかされてしまった。

「そうか。今日はありがとな。神崎、お前嫌味《いやみ》な奴《やつ》だと思ってたけど案外良い奴なんだな」

ガッカリしつつも、とりあえず図書室に来たことで大きな収穫は得られたと気分を持ち直す。

今度から死角になっているところを意識してみようと思いながら、彩人はミナカにお礼を言うと彼女に背を向けた。

「待って」

「ん？　何だ？」

その時、ミナカが彩人のことを呼び止めた。

彩人は何かあるのかと不思議そうにミナカの顔を窺《うかが》うと、彼女は何やら気まずそうに目を彷徨《さまよ》わせやがて意を決したように口を開いた。

「水無月《みなづき》はさ。莉里ちゃんのことどう思っているの？」

「どうって？　ただの幼馴染だけど」

聞かれたのは莉里のこと。

幼馴染に対して何を思っているのかと疑問をぶつけられ、彩人は即座に自分の気持ちを話した。

「……そう。もしもだけど、彼女の前に白馬の王子様が現れて取られちゃったらどう思う？」

すると、彼女は神妙そうな顔をし頷《うなず》くと今度は別の質問をしてきた。

「うーん、確認なんだけど取られるってもう話せなくなるとか会えなくなるってことか？」

「そういう取られるんじゃない。単純に恋人が出来るって話」

独特な言い回しだったから彼女の言いたいことがイマイチ分からなかった彩人は、どういう意図で聞いているのか必死で理解しようと自分から質問をぶつけた。

結果、ミナカが何を聞きたいのか分かり、なるほどと頷き彩人はこう言った、

「別に良いんじゃね？」

「!?」

あっけらかんとそう言い放つ彩人にミナカは目を見開く。

どうやら、かなり意外だったらしい。

側から見れば男嫌いの莉里が仲良くしているのだ。変に勘繰る気持ちは分かるが、彩人にとって莉里はそういう存在ではない。

言葉通り、幼馴染なのだ。

昔から付き合いのある女の子。

ほんの少しだけ手のかかる妹か姉のように思うところはあるが、それ以上のことは思ったことはない。

「アイツが決めたことだろ。俺がとやかく言う筋合いないじゃん。まぁ、相手が相当クズだったら流石《さすが》になんか言うかもだけど。アイツが良いと思ったんなら、俺はアイツの意思を尊重してやりたいと思ってるよ。色々苦労してるしな、幸せになれるんならそれで良いと思うぜ」

だから、彼女に彼氏が出来たからと言って彩人が悲しむことはない。

むしろ、色々苦労人なところがある彼女には幸せになって報われてほしいとさえ思う。

初めて出会った時の莉里は今にも消えてしまいそうな幽霊のような奴だったから。

彼女を繋《つな》ぎ止めてくれる存在は彩人にとって大変喜ばしいことである。

「あっ、でも。莉里に白馬の王子様は似合わないと思うぞ」

ただ、ミナカと話していてお互いの中で少し認識の違いがあるように思えたので、彩人は苦笑いをしながら白馬の王子は似合わないと否定した。

「え？」

「だって、アイツは一見か弱そうに見えるけどめっちゃ強いからな。どんな困難が来ようとも何とか解決しようと足掻《あが》く。アイツはそんな強いヒロインだ」

街鐘《まちがね》莉里は不幸を前にして、立ち止まり助けを求めるだけのか弱いヒロインではない。

自分の力で道を切り開くことの出来る強いヒロインだということを彩人は知っている。

◇

あれは今から七年前。

莉里と彩人がまだ小学生低学年だった頃、莉里は同級生達に虐《いじ》められていた。

理由は一度目と少し異なるが概《おおむ》ね同じ。

クラスの女子から人気のある男子達から惚《ほ》れられてしまったことが事の発端だ。

それによって、クラスの女子達から目の敵にされ、消しゴムや教科書を隠されたり、鉛筆の芯を折られたり、帰り道に泥をかけられたりと陰湿な虐めを受けていたのである。

彩人という心の安らぎの場があったから何とかなっていたが、正直に言えば辛かった。

一度目の人生での反省を活《い》かし親しい友人を作らないよう、いつも一人でいるよう心掛けていた。

だから、人から裏切られる痛みを味わうことはなかった。

だが、それ以外は何も変わらない。

悪いことを何もしていないのに、勝手に目の敵にされて毎日毎日傷つけられるのは苦しくて、不満が溜《た》まって仕方がなかった。

それを何とか耐え切ってようやく迎えた夏休みのある日。

莉里が遊びに来る彩人を出迎えるため、駅に向かう途中にある公園でクラスの女子達と遭遇した。

『オシャレな服なんて着てどこ行くの～？　貴方《あなた》なんかにはそんな服似合わないわ』

『ゴミの臭いが移っちゃって服の方がかわいそ～』

彼女達はそう言って、莉里を取り囲み近くに落ちていた犬のフンを白いワンピースに投げつけてくる。

それにより、服が汚れフンの匂いを発するようになるとクラスメイト達は満足したように笑い出した。

『……ぐすっ、ぐすっ。……何で、ヒューヒュー。何でこんな。ヒューヒュー』

よりにもよって、唯一の癒《いや》しである幼馴染《おさななじみ》との待ち合わせを汚されてしまった莉里は大粒の涙を溢《こぼ》し、抗議の声を上げようとした。

だが、過去のトラウマがフラッシュバックし気分が悪くなった莉里は過呼吸になり、上手《うま》く言葉が紡げなかった。

『ヒュー、ヒュー』

『あれ〜、どうしたの〜？』

『あっ、分かった。うんこと仲良くなれて泣く程嬉しいんだよ。ねっ、そうだよね？　街鐘さん』

明らかな異常状態。

だが、まだ幼い少女達は莉里の異変に気付けず煽《あお》り続ける。

（苦しい苦しい苦しい苦しい苦しい苦しい苦しい。だれか、助けてよ）

莉里はそれらを堪えるように蹲《うずくま》り心の中で助けを求めるが、都合の良いことなんて起きるはずもなく誰も助けてくれなかった。

どれくらい時間が過ぎたかは分からない。

ひたすら、少女達の罵倒に耐えていると気が付けば少女達は居なくなっていて、公園には莉里一人だけとなっていた。

（とりあえず……帰ろう。彩人にこんな姿は見せられない）

五分くらいの時間をかけて呼吸を整え、正常な思考を取り戻した莉里の頭の中で真っ先に浮かんだのはそれだった。

こんな情けない姿を幼馴染の少年に見せたくなかったのだ。

『莉里！　何だ、その格好は⁉』

『さ……い……と？』

だが、そんな想《おも》いも虚《むな》しく彩人が公園に姿を現す。

白いワンピースがフンまみれで汚くなっているのにもかかわらず、そんなことはお構いなしに近づいてくる幼馴染を見て枯れたはずの涙がまたしても流れる。

『嫌、見ないで⁉　これは、違うの⁉』

幼馴染にだけは、彼にだけは、失望されて欲しくなかったから。

クラスメイトの男子達と同じように離れて行って欲しくなかったから。

だから、莉里は彩人に見るなと拒絶した。

『何が違うんだよ。意味が分かんねぇ。とりあえずお前ん家《ち》行くぞ』

『うんちじゃない！』

『分かってるわ！　そんなこと⁉　とりあえず黙ってついてこい』

しかし、彩人はそれでも歩み寄るのをやめなかった。

どれだけ莉里が汚かろうと、そんなことお構いなしに莉里の身体に触れ家へ連れ帰ったのだ。

それによって、莉里が虐められていたことが彩人にバレてしまった。

『何だよそれ！　俺がそいつらをぶっ潰してやる』

『やめて！　彩人。お願いだからやめてよぉ……。私には彩人がいるだけで十分だから』

話を聞いた彩人は激怒。

虐《いじ》めていた奴らを懲らしめようとしてくれたが、そんなことをすれば幼馴染まで悪者にされてしまう。

それは莉里の望むところではない。

ただ、自分のために怒ってくれて離れないで居てくれるだけで莉里は満足だった。

それだけ分かればもう何も。

『お前はそれでいいのかよ!?　莉里！　ムカつかねぇのかよ!?　やり返したいって思わないのかよ!?　お前は何も悪くねぇんだぞ!?　本気でそんなこと思ってんのか!?　なぁ、答えろよ!?』

『私は……私は……』

だが、彩人にはそれが嘘《うそ》だとお見通しだった。

否、誰もが分かっていながら踏み込んでこなかった一線を、踏み抜いてきたのだ。

それによって、莉里の心が揺らいだ。

ムカつかないと思わないはずがない。

やり返したいと思わないはずがない。

しかし、感情のままに動いたとして何が変わるのだろうか？

タイムリープをしたが故に持つ大人の思考が、それが無意味だと囁《ささや》いてくる。

『むり――『じゃない！』――⁉』

無理だと言葉を紡ごうとしたところで、それを無理矢理《むりやり》上書きされた。

『お前なら絶対出来る！　だから、諦めんなよ！』

莉里なら出来ると彩人は何の根拠もなく、そう言ってきた。

『ッツ⁉　彩人に私の何が分かるの⁉　一ヶ月に一回会う程度の貴方に、私の何が分かるの⁉　知った風な口をきかないで！　出てってよ‼』

それが莉里の逆鱗《げきりん》に触れた。

彼の放ったその一言が一度目の人生全てを否定しているように思えたのだ。

たまらなくそれが許せなかった。

だから、その日莉里は彩人を無理矢理家から追い返した。

それから、莉里は自己嫌悪に苛《さいな》まれ引き籠《こ》もるようになった。

彩人が莉里のことを思って言ってくれていたのは分かっているのに、それを否定してしまった。

離れて欲しくないのに、自分から突き放してしまった。

何より、やり返したいという気持ちがないと嘘をつき逃げている自分がどうしようもなく嫌だった。

どれほどそうしていたかは分からない。

だが、気が付けば七月のカレンダーが八月に変わっていた。

息を吸うと、カーテンを閉めエアコンをつけっぱなしにしていたせいか空気が澱《よど》んでいることに気がつく。

それを解消するべく窓を開くと、突然腕を摑《つか》まれた。

『ようやく顔を出したな。引き籠もりめ。今日こそお前の腐った根性を叩《たた》き直しに行くぞ！』

『莉里頑張ってくるのデスヨ！』

『へっ？　えぇぇぇ───!?』

目の前には柔道着を身に纏《まと》った幼馴染がおり、無理矢理外に引き摺《ず》り出されると母親のルーシィから柔道着を渡される。

一体どういうことだと目を白黒させている間に、幼馴染の少年に連れ去られ気が付けば寂れた道場の前にやって来ていた。

『山田《やまだ》のおじちゃん、連れて来たぞ！』

『おぉ、彩人君。本当に新たな門下生連れて来てくれたのか。おじいちゃん感激だ！』

ドンドンと彩人が門を叩《たた》くと、中から杖《つえ》をついた老人が現れた。

『イテテ、おっさんヒゲがいてぇ。毎日ちゃんと髭剃《ひげそ》れよな』

『あぁ、ごめんごめん。今朝は色々と忙しくてな』

『えっ、えっ？　どういうこと？』

出会ってすぐに熱烈なハグを交わす二人を前に、莉里は何が起きているのかと疑問を溢す。

するとと、幼馴染は胸を張ってこう答えた。

『今日からお前もこの道場に通うんだよ。とりあえず、目標はお前のことを虐めてきた奴《やつ》らをボコれるようになるまでだ。頑張れよ！』

『……もう意味分かんないよぉ』

あまりの急展開に頭が追いつかない莉里は、小さくそう呟くとへたり込んだ。

そして、落ち着いたところでこうなった経緯を一から尋ねた。

先《ま》ず、莉里に追い返された彩人はその日どうやったら虐められなくなるのかを考えたらしい。

そうして、ＩＱ30の彩人が導き出したのは強い奴になれば虐められないというものだった。

確かに小学生の頃は、柔道や空手を習っているだけで一目置かれて喧嘩《けんか》をするのを躊躇《ためら》われることがある。

さらに、実際にそれなりの強さがあれば相手に敵《かな》わないと思わせることが出来る。

そのために、莉里に柔道を習わせて鍛えようというのだ。

ハッキリ言って馬鹿だと思った。

その程度で変わるのなら、虐《いじ》めなんてとっくに無くなっている。

こんなことをしても、無意味だと帰ろうとした。

『俺の大事なお年玉を使ったんだ。絶対やれよ！　逃げたら許さないからな』

けれど、この道場の一ヶ月の授業料は彩人が貯《た》めていたお年玉から出されていて、それを無駄にするのは許さないと脅されれば逃げることは出来なかった。

結果、莉里はその日から仕方なく柔道の道場に通うようになったのだ。

最初は受け身の練習を何日かして、思いの外呑《の》み込みが良かったことと時間が夏休みの間ということが決まっていたからか、特別に技を一つだけ教えてもらった。

名前は大外刈り。

相手の足に自分の足をひっかけ、相手を倒す初心者向けの技だ。

中学校の体育で先生に教えてもらっていたから、覚えることは簡単で練習をすればするだけスムーズに技をかけられるようになっていき、夏休みが終わる三日前には同年代の子から一本だけだが取れるようになっていた。

『こんなことしてるけど、本当に意味はあるのかな？』

道場から帰り道ボソッと、莉里はそんなことを呟《つぶや》いた。

着実に強くなっている感覚はあった。

だが、この力を使って実際に問題が解決するかと言われれば莉里には不安が残る。

『あるって絶対。俺を信じろ、絶対上手くいく』

『えぇ～？　どうだろうね』

不安そうな顔をする莉里に彩人は大丈夫だと励ますが、不安は拭えなかった。

『あれぇ～街鐘さん。男の子とデートしてる～。生意気なんだけど～』

『うわぁ、本当だ。あんなクソ女を選ぶなんてきっとあの男もクソ臭いんでしょうね』

そんな時、彩人と会う日に服を汚してきた女子二人組と遭遇した。

『ハッ、ハッ、ハッ、ハッ、ハッ、ハッ』

ニヤニヤと意地の悪い笑みを浮かべ、罵倒してくる二人を見て身体が震え出し、呼吸が乱れる。

クラクラと視界が歪《ゆが》み、莉里は思わず下を向く。

『前を見ろ。本当にお前は言われっぱなしで良いのか？　何もせずに終わって良いのか？

どうなんだ？』

下を向く莉里を彩人が頭を掴み無理矢理起こし問いかける。

お前は本当にそれで良いのか？　と。

あれだけ言われて何も感じないのかと、いつものように蹲《うずくま》っているだけなのかと、少し前と同じような質問をぶつけてきた。

『私は……私は……嫌だよ。私が馬鹿にされるのはいい。でも、彩人が馬鹿にされるのは嫌だ！　私のために頑張ってくれた幼《おさな》馴染《なじみ》を馬鹿にしたあの子達だけは許せない！』

あの日の自分は嘘をついて後悔した。

本当は嫌だと思っているし、やり返したいとも思っている。

だけど、やり返したところで意味なんて思っていた。

でも、今は違う。

自分だけじゃなく大切な幼馴染も馬鹿にされた。

それだけはどうしても許せなかったのだ。

この日、人生で初めて莉里は怒りの感情を素直に吐露した。

いくら自分が傷つこうとも怒らなかった少女が、大切な幼馴染を馬鹿にされたことで激怒したのだ。

『よし！　よく言った。お前なら出来る。だから、思いっきりぶちかましてこい』

彩人は幼馴染の素直な気持ちを聞くと、満足そうな顔をして背中を押す。

『うん！』

莉里はそれに元気よく返事をすると、彩人を馬鹿にした少女に近づく。

『はん、怒ってるんだが何だか知らないけど。ゴミ女が調子に乗るなよ。どうせアンタは私達に虐めら――ッたぁ!?』

しかし、少女からすれば莉里はただの何も出来ない弱い女。

どうせ何も出来ないと嘲っていたからか、あっさりと転がされてくれた。

『……どういうこと』

『何すんのよアンタ!? ユミを離しなさい』

『嫌だ。謝ってくれたら離す』

『生意気言うな！ ゴミ女の癖に――ぴぎゅ!?』

事態が呑み込めず放心状態の友人を見て、もう一人の少女が莉里に手を離すよう命令するが莉里は反発した。

幼馴染に謝るまでは絶対に、と強い意志を持って。

それが気に食わなかったもう一人の少女は摑み掛かろうとしたが動きが緩慢で、あっさりと莉里に大外刈りを決められ仲良く転がされた。

地面に寝転がる二人を見下ろし、莉里はこう言い放った。

『謝って！　彩人にクソ臭いって言ったこと謝って！』

自分の思っている感情を全て、思いっきりぶつけた。

『ご、ごめんなさい』

『ごめんなひゃい〜』

それは十にも満たない少女から発せられたとは思えない威圧感がこもっており、虐《いじ》めっ子二人は涙を流しながら謝った。

『いいよ。だけど、もう彩人のことを二度と馬鹿にしないでよね。したら、もう一回投げるから』

莉里は謝った二人に満足すると、それだけ釘《くぎ》を刺して逃げるように彩人の元に戻る。

『やった！　やったよ！　彩人！　ちゃんと謝ってもらえた』

『おう、良くやったな』

そして、莉里は自分も戦えた、世界を少しだけ変えることが出来たと莉里は歓喜の声を上げ彩人に抱きつくと、彼は嬉《うれ》しそうにはにかみわしゃわしゃと乱暴に髪を撫《な》でるのだった。

この日、街鐘莉里という少女は変わった。

常に何かに怯《おび》え、誰かに助けを求める悲劇のヒロインをやめ、まだ未熟ながらもどんな困難があろうとも立ち向かおうとする強いヒロインへと一歩踏み出したのである。

◇

（視線を感じる）

莉里は彩人と同じようなことを思っていた。

といっても、彩人のように誰が相手か分かっていないわけではなく、こちらはハッキリと分かっている。

視線をチラッと向けると、元カレと目が合う。

すると、彼はまるで見ていませんかというように視線を逸らす。

目が合ってから逸《そ》らしているのだから、バレバレなのだがあれで隠せていると思っているのが西園春樹という男だ。

たった二年とはいえ付き合っていたため、莉里には春樹《はるき》の考えていることはある程度分かる。

彩人程じゃないにしろ。

春樹も中々分かりやすい部類の人間だからだ。

（一度目と同じように助けてくれようとしているんだろうな。明石《あかし》君から）

春樹が今日になって突然チラチラと莉里の方を見てくるようになったせいで、色々察せてしまった。

元カレも自分と同じように過去の記憶を持っているのだと言うことを。

そして、どういう考えに至ったからなのかは分からないが、彼が莉里ともう一度やり直そうとしていることが分かってしまった。

(本当馬鹿だよね)

何の疑いもなく、一度目の人生と同じように出来ると思っている春樹が、莉里には哀れでならなかった。

だって、少し周りを見れば莉里が昔の莉里とは違うことくらい簡単に分かるはずなのだから。

一度目の人生では存在しなかった幼馴染と仲良くしていること。

少し前まで避けていた海《かい》と僅かだが会話をするようになっていること。

一度目の時はまだ居なかったはずの友人達と仲良くしていること。

ちょっと周りに目を向けるだけで気づけるはずなのだ。

だが、春樹はそれを直視しようとせず出来るだけ一度目の人生と同じように振る舞い続けている。

起きるはずのない事件が起きるのを待っている。

これを哀れと言わないで何と言えば良いのだろうか。

壊れた機械のように一度目の人生と同じことを繰り返そうとしている元カレを見て、浮気されたことに対する憎しみだとか嫌悪だとか、怒りだとか全部が馬鹿らしくなった。

こんな相手に囚《とら》われていた自分も馬鹿だったとも。

(そんなに後悔してるんなら振らなきゃ良かったのにね)

心の中で罵倒を一つすると、気を落ち着けるためお気に入りの本を開いた。

パサッ。

すると、本の隙間から折り畳まれた紙が落ちる。

「何?」

本の間に栞《しおり》以外のものを挟んだ記憶のない莉里は、訝《いぶか》しみながらそれを手に取り開いて中身を確認した。

『放課後屋上で待っています。真壁《まかべ》より』

「またか」

手紙の内容は屋上への呼び出し。

差出人の名前が高校に入学して初めて告白してきた人と同じ名前なことから、呼び出された理由も十中八九告白だろう。

面倒なことになったと莉里は頭を抱えた。

そして、時は流れて放課後。

彩人が図書室へ行くのを見送ったところで、莉里は手紙に書かれていた屋上に向かった。

正直に言えば、行きたくはなかった。

見なかったことにして帰ろうとも思った。

何故《なぜ》なら、告白をされたあの日から真壁という少年と莉里は一度も喋《しゃべ》っていないから。

つまり、初めて告白された時とほぼ同じ状態だから結果は目に見えている。

わざわざ伝えに行く必要があるだろうか？

だが、このことを伝えなければずっと告白され続けると思った莉里は仕方なく行くことにした。

ガチャリ。

屋上のドアを開けると、今回は前回と立場が変わっており真壁が莉里のことを待っていた。

「どうも、今日は来てくれてありがとうございます街鐘さん」

「本当は来たくなかったんだけどどね」

「ははっ、それは手厳しい」

真壁は莉里の存在に気がつくと、真底嬉《うれ》しそうな笑みで歓迎する。

が、莉里の方は全くそんなことはなく嫌味《いやみ》を放つと真壁は申し訳なさそうに首を掻《か》いた。その姿が妙に癪《しゃく》にさわり「用件はなにかな？」早く終わらせたい莉里は、単刀直入に本題は何かと切り出した。

「あの日と同じです。僕と付き合って——」「お断りします」——そ、即答。しかも、セリフの途中で……ふふっ、あははは」

案の定、真壁の用件は告白だったらしくそれが分かった瞬間、真壁が話している途中なのにもかかわらず莉里は一刀両断。

付き合う気はないと伝えると、顔を悔しそうに歪めたが、次いで壊れたように笑い出した。

急に様子がおかしくなった真壁に対し、莉里の中の本能が警鐘を鳴らし一歩後ずさる。

「ふふっ、ええ、分かっていたさ。こうなることは当然。何故《なぜ》なら、街鐘莉里は男嫌いだから。話すことはおろか近づくことさえ出来ない。自分のことを深く知ってもらうことも出来ない。だから、街鐘莉里を遠くから見ながら考えた。どうやったら貴方《あなた》と付き合えるのか。水無月彩人を見ながらどうやったら友達になれるのかと。でも、どれだけ観察して考えても僕のようなモブには正攻法は無理だった。だから、閃《ひらめ》いた。卑怯《ひきょう》な手を使えば良いと。無理矢理《むりやり》脅せばいいのだと！　おら、死にたくなかったら俺と付き合え！　街鐘莉里」

そう言うやいなや、真壁はポケットからカッターナイフを取り出し襲いかかって来る。

「莉里⁉」

その瞬間バタンッと扉が開き、慌てた形相の春樹が現れた。

「誰だお前は？　邪魔すんじゃねぇ⁉」

「莉里逃げて！　ここは僕が」

突如として現れた乱入者。

莉里をかばうように立つ春樹は真壁にさぞ、邪魔に見えたのだろう。

ターゲットは莉里から春樹に変わり、真壁がナイフを持って向かってくる。

それを見た瞬間、春樹は必死の表情で逃げるよう指示を出した。

「邪魔」

「え？」

が、莉里はそれに従わなかった。

むしろ、その命令に歯向かうように春樹の横を潜《くぐ》り抜け、真壁を睨《にら》む。

「しねぇ―――！」

その時には既に真壁はナイフを顔目掛けて振り下ろしており、直撃は免れない。

誰もがそう思った時、莉里の手がすんでのところで真壁の腕を掴《つか》み止めた。

「「へ？」」

予想外の事態に目を丸くする男二人。

そんな二人を置いて、莉里は次のアクションに移った。

胸ぐらを掴み、真壁を引き寄せる。

そして、バランスが崩れたところで足を払い地面に転がし、腕を捻《ひね》って関節を固めた。

「いででで、莉里。お前、どういうことだ⁉」

「さぁ、どういうことでしょう、ね⁉」

「あだだだ！」

どうせ女だからと高をくくっていた真壁は、莉里に組み伏せられていることに納得がいかず、説明を求めるが莉里としては真面目に答えるつもりはない。問答無用で腕を限界まで捻り上げ、凶器であるカッターナイフを真壁の手から落とさせる。

「春樹。それ拾っておいて」

「う、うん」

真壁を拘束していて手が離せないため、莉里は春樹にナイフを回収しておくよう指示すると、春樹は当惑した様子でナイフを回収した。

そして、疑問が溢《あふ》れた春樹はこう尋ねた。

「君は本当に僕の知っている街鐘莉里なのか？」

過去の記憶を持っているが故に、春樹は弱い頃の莉里を知っている。

だから、今の光景が余りにも信じられないのだろう。

それに対して、莉里は笑ってこう答えた。

「私は街鐘莉里だよ。貴方が浮気して見捨てた街鐘莉里その人。だけど、誰かさんに染められたせいで、ちょっとだけ違うかもね」

と。

春樹はそれを聞いた瞬間、極限まで目を見開くとやがて両目から涙を流すのだった。

◇

時は少しだけ進み、数分後。

「ほらな？」

屋上で街鐘さんが襲われているという話を聞きつけた彩人とミナカは、急いで現場に向かった。

二人が現場に着くとそこには襲ってきたと思われる男を押さえつける莉里の姿があった。

彩人はそれを見て言った通りだろと自慢気に胸を張った。

「……嘘《うそ》っ」

それを見たミナカはポツリと言葉を溢《こぼ》すと呆然《ぼうぜん》とした様子で立ち尽くしていた。

エピローグ

Epilogue

事件が終わった次の日。

「こんにちは、彩人《さいと》」

「こんにちは、莉里《りり》」

学校がある日なのにもかかわらず、莉里が彩人と顔を合わせたのは昼休みを過ぎた頃だった。

理由は言わずもがな、警察署で昨日のことについて再度事情聴取を受けていたからである。

「春樹《はるき》無事で良かったです――！」

「本当に心配したんですからね！　もう」

「うわぁ!?　ちょっ、二人締め過ぎ！　骨がミシミシ言ってるから」

鞄《かばん》を置き、一緒に登校してきた春樹の方を見ると幼馴染《おさななじみ》の瑞樹《みずき》と先輩の小雪《こゆき》に思いっきり抱きつかれ悲鳴を上げていた。

「ふふっ」

「お前もあれに混ざるか？　助けられたんだろ？」

元カレが苦しんでいるを見て莉里は良い気味だと笑っていると、後ろにいる彩人が混ざらないのかとニヤケ面でそんなことを聞いてきた。

何故こんなことを彼が言っているのかというと、来る途中に聞こえた噂《うわさ》のせいだろう。

昨日の事件を解決したのは莉里なのだが、彼女が真壁《まかべ》を抑えていた時間はほんの僅かで、途中から先生に変わってもらっていたのだ。

それ故に、襲われた莉里が犯人の真壁を撃退したと知る者は少ない。

結果。様々憶測が飛び交い、莉里が華奢《きやしや》な身体をしていることと、春樹が小雪や瑞樹が車に轢《ひ》かれそうになっているのを助けたり、溺れそうになっていたところを助けていたことから、真壁を撃退したのは春樹。春樹に助けられたということは莉里もハーレムに加わった。などと誤った噂が流れているのである。

一度目の人生ならば、確かにこの噂は内容こそ少し違えど全て当てはまっていただろう。

事件が終わった後、春樹と瑞樹、小雪の三人の輪の中に莉里はいたのだから。

タイムリープをする前は間違いなく、春樹が紡ぐハーレムのメインヒロインの一人だったと言えるだろう。

「行くわけがないでしょ。だって――」

呆《あき》れた調子でそんなことがあるはずないと、彩人のタチの悪いジョークを一蹴した。

でも、今回は違う。

事件を解決をしたのは莉里で春樹には全く助けられておらず、惚《ほ》れる要素が皆無。

そもそも、春樹は浮気をするクズ野郎だと莉里は知っているので恋愛対象として見ることは未来永劫《みらいえいごう》一切ない。

春樹のハーレムに入るなど論外だ。

それに何よりも莉里は出会っていた。

この人のメインヒロインになりたいと思える人に。

灰色だった世界を鮮やかに塗り替えていく素敵な幼馴染《ヒーロー》に数年前に出会ってしまっていた。

「――私は彩人の幼馴染《メインヒロイン》なんだから。私が彩人を置いて行くなんてあり得ないよ」

満面の笑みを浮かべてそう言うと、彩人は目を見開きやがて「馬鹿だなぁ。そんなんじゃあ、彼氏一生出来ねぇぞ」と呆《あき》れたように笑った。

あとがき

Afterword

どうも初めまして3pu《スリープ》と申します。

この度は、本書を手に取ってくださりありがとうございます。

さっそくですが、本作品である『俺の幼《おさな》馴染《なじみ》はメインヒロインらしい。』について語っていこうかなと思います。

今作が生まれたのは、ハッピーエンドのその先には本当に幸せが待っているのか？　という疑問を持ったのがきっかけです。

そもそも優柔不断なラブコメ主人公が高校を卒業した後も、変わらずモテないということはあり得ません。

だって、それくらいの魅力を主人公が持っているのですから当然です。

また、一度振られた程度で他のヒロインが諦めるとも考え難《にく》い。

何故《なぜ》なら彼女達が主人公に抱いている気持ちはそう簡単に割り切れるほど、小さいものではないはずですから。

お話が終わっても、諦めずにアプローチをするヒロインはきっといるはずです。

そんな魅力的なヒロインに迫られて、優柔不断だった主人公が断れるのか？

Ore no
osananajimi ha
Main heroine
rashii

いや、断れないだろうな〜。

だって、相手は美少女だもん。

「一度だけで良いから」、「私を助けるためだと思って」みたいなこと言われたらやっちゃいそうですよね。

まぁ、僕は純愛主義者なのでそんなことを言われても絶対断りますけど。

キャラクター的にはあり得なくはないじゃないですか。

だから、もしそんなことが起きてしまったらどうなる？

そんな疑問を僕なりに形にしたのが本作となっております。

正直ＷＥＢに投稿した時はそんなに読まれないだろうなと思ってました。

ＷＥＢ向けの長いタイトルじゃないし、さっくり読めるギャグテイストでもありませんでしたから。

重めな話は受けないと思ってたんですけど、まさかラブコメ週間ランキング一位を取って、第８回カクヨムＷｅｂ小説コンテストのラブコメ部門で大賞を受賞するとは。

正直信じられませんでした。

というか、あとがきを書いている今も信じられません。

夢なんじゃないかと毎日疑ってます。

ですが、皆さんの手にこの本が届いているということは夢じゃなかったということ。

本当に良かったと思うと共に、皆さんがどんな感想を抱いているのかと戦々恐々しています。

面白かったと思って頂けたなら幸いです。

また次巻で会えることを願いつつ、今回は以上とさせていただきます。

最後になりますが、この本を出版するにあたり編集部のA様、イラストレーターのBcoca《びこか》さんには大変お世話になりました。この場を借りて感謝を申し上げます。

ありがとうございました。

では、バイバイ。またね。

俺《おれ》の幼馴染《おさななじみ》はメインヒロインらしい。

著　3pu《すりーぷ》

角川スニーカー文庫　23968

2024年1月1日　初版発行

発行者　山下直久

発　行　株式会社KADOKAWA
〒102-8177 東京都千代田区富士見2-13-3
電話　0570-002-301（ナビダイヤル）

印刷所　株式会社暁印刷
製本所　本間製本株式会社

◇◇◇

●お問い合わせ
https://www.kadokawa.co.jp/（「お問い合わせ」へお進みください）
※内容によっては、お答えできない場合があります。
※サポートは日本国内のみとさせていただきます。
※Japanese text only

Printed in Japan　ISBN 978-4-04-114486-2　C0193

★ご意見、ご感想をお送りください★
〒102-8177 東京都千代田区富士見 2-13-3
株式会社KADOKAWA　角川スニーカー文庫編集部気付
「3pu」先生
「Bcoca」先生

[スニーカー文庫公式サイト] ザ・スニーカーWEB　https://sneakerbunko.jp/

角川文庫発刊に際して

角川源義

　第二次世界大戦の敗北は、軍事力の敗北であった以上に、私たちの若い文化力の敗退であった。私たちの文化が戦争に対して如何に無力であり、単なるあだ花に過ぎなかったかを、私たちは身を以て体験し痛感した。西洋近代文化の摂取にとって、明治以後八十年の歳月は決して短かすぎたとは言えない。にもかかわらず、近代文化の伝統を確立し、自由な批判と柔軟な良識に富む文化層として自らを形成することに私たちは失敗して来た。そしてこれは、各層への文化の普及滲透を任務とする出版人の責任でもあった。
　一九四五年以来、私たちは再び振出しに戻り、第一歩から踏み出すことを余儀なくされた。これは大きな不幸ではあるが、反面、これまでの混沌・未熟・歪曲の中にあった我が国の文化に秩序と確たる基礎を齎らすためには絶好の機会でもある。角川書店は、このような祖国の文化的危機にあたり、微力をも顧みず再建の礎石たるべき抱負と決意とをもって出発したが、ここに創立以来の念願を果すべく角川文庫を発刊する。これまで刊行されたあらゆる全集叢書文庫類の長所と短所とを検討し、古今東西の不朽の典籍を、良心的編集のもとに、廉価に、そして書架にふさわしい美本として、多くのひとびとに提供しようとする。しかし私たちは徒らに百科全書的な知識のジレッタントを作ることを目的とせず、あくまで祖国の文化に秩序と再建への道を示し、この文庫を角川書店の栄ある事業として、今後永久に継続発展せしめ、学芸と教養との殿堂として大成せんことを期したい。多くの読書子の愛情ある忠言と支持とによって、この希望と抱負とを完遂せしめられんことを願う。

一九四九年五月三日

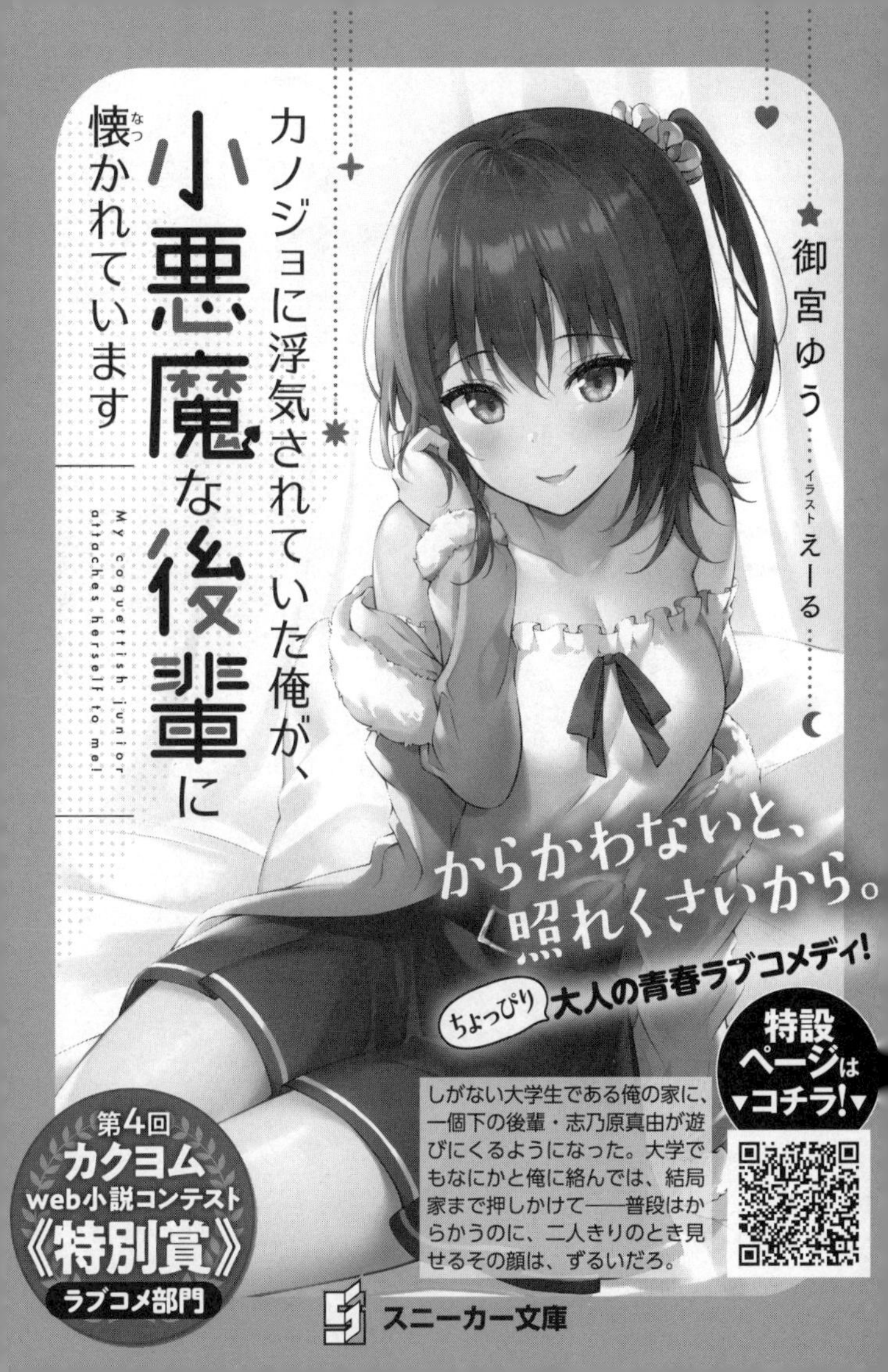

カノジョに浮気されていた俺が、
小悪魔な後輩に
懐《なつ》かれています
My coquettish junior attaches herself to me!
御宮ゆう
イラスト えーる
からかわないと、
照れくさいから。
ちょっぴり 大人の青春ラブコメディ!
特設ページはコチラ!
しがない大学生である俺の家に、一個下の後輩・志乃原真由が遊びにくるようになった。大学でもなにかと俺に絡んでは、結局家まで押しかけて——普段はからかうのに、二人きりのとき見せるその顔は、ずるいだろ。
第4回
カクヨム
web小説コンテスト
《特別賞》
ラブコメ部門
スニーカー文庫

継《まま》母《はは》の連れ子が元カノだった
Mamahaha
Tsurego
Motokano
「昔の恋が終わってくれない」
紙城境介
イラスト／たかやKi
好評発売中！
実はまだ好き同士な
元カップルが親の再婚で
きょうだいに!?
第3回
カクヨム
Web小説コンテスト
《大賞》
ラブコメ部門
「僕が兄に決まってるだろ」「私が姉に決まってるでしょ?」親の再婚相手の連れ子が、別れたばかりの元恋人だった!?　“きょうだい”として暮らす二人の、甘くて焦れったい悶絶ラブコメ——ここにお披露目!
スニーカー文庫

時々ボソッと
ロシア語でデレる
隣のアーリャさん
Милашка❤
story by sun sun sun
illustration by momoco
燦々SUN
イラスト ももこ
ただし、彼女は俺が
ロシア語わかる
ことを知らない。
特設
サイトは
▼こちら!▼
スニーカー文庫

転校先の清楚可憐な美少女が、
昔男子と思って一緒に遊んだ幼馴染だった件
Hibariyu
雲雀湯
illust
シソ
重版続々!!
元"男友達"な幼馴染と紡ぐ、
大人気青春ラブコメディ開幕!
7年前、一番仲良しの男友達と、ずっと友達でいると約束した。高校生になって再会した親友は……まさかの学校一の清楚可憐な美少女!? なのに俺の前でだけ昔のノリだなんて……最高の「友達」ラブコメ!
作品特設サイト
公式Twitter
スニーカー文庫

「私は脇役だからさ」と言って笑う
そんなキミが1番かわいい。
クラスで
2番目に可愛い
女の子と
友だちになった
たかた【イラスト】日向あずり
第6回
カクヨム
Web小説コンテスト
特別賞
ラブコメ
部門
『クラスで2番目に可愛い』と噂の朝凪さん。No.1人気の
天海さんにも頼られるしっかり者の彼女は……金曜日の
放課後だけ、俺の家に遊びに来る。本当は無邪気で甘えた
がり。素顔で過ごす、二人だけの時間。

スニーカー文庫

きみの紡ぐ物語で
世界を変えよう。
第30回
スニーカー大賞
作品募集中!
大賞 300万円
+コミカライズ確約
金賞 100万円
銀賞 50万円
特別賞 10万円
締切必達!
前期締切
2024年3月末日
後期締切
2024年9月末日
詳細は
ザスニWEBへ
https://kdq.jp/s-award
イラスト/カカオ・ランタン